LES FANTASTIQUES

Le sarcophage d'outretemps

Éric Boisset

Illustrations de couverture
et d'intérieur :
Michel Crespin

MAGNARD JEUNESSE

Collection animée par Jack Chaboud

Pour Juliette

N° d'éditeur : 2002/039 – Dépôt légal : janvier 2002

1
Oraison créole

LE gros chat roux traversa le jardin pour venir se cacher sous une touffe de lavande. La fenêtre du premier étage était restée entrouverte, et une pareille occasion ne se représenterait plus de si tôt. Il demeura un moment immobile derrière l'écran des plantes bleues, à balayer du regard les abords de la maison. Puis, d'une brusque détente, il grimpa dans le magnifique tilleul ombrageant la véranda. Quelques mésanges épouvantées prirent la fuite en faisant crépiter le feuillage, cependant que le félin indifférent s'avançait le long d'une branche flexible en direction de la fenêtre. Un bref coup d'œil à travers le carreau lui permit de repérer la petite souris blanche Samantha dans la chambre. La mignonne se tenait perchée sur le dossier d'une chaise et décortiquait une grosse graine de tournesol qu'elle tenait serrée entre ses pattes. Elle était vraiment appétissante, avec son minuscule bout de museau rose et ses yeux noirs fiévreux. Pourvu que personne n'ait l'idée malencontreuse d'entrer dans la chambre tandis qu'il lui réglerait son compte ! D'une patte circonspecte, le diabolique matou repoussa le battant de la fenêtre avant de sauter sur le plancher.

Cependant, au rez-de-chaussée de la maison, deux jeunes garçons achevaient de préparer leur goûter dans la cuisine. Il y avait là un petit Italien blond au teint mat prénommé Théophile, qui étalait du fromage à l'ail sur une tartine de pain frais, et un jeune Antillais aux longues nattes occupé à surveiller la cuisson d'une omelette à la confiture de mangue.

« Tu sens cette bonne odeur de vanille, Théo ? demanda tout à coup le cuisinier amateur, qui s'appelait Bonaventure et ne manquait pas d'intrépidité en matière gastronomique. C'est signe que ça caramélise sous la couche d'œufs. La cuisson touche à sa fin. Je crois que je vais bien me régaler…

— Je l'espère pour toi, répondit le blondinet tout en continuant de tartiner sa pâte de fromage. Mais franchement, j'en doute. L'omelette à la confiture, ça ne peut pas réussir vraiment…

— Et pourquoi ça ?

— Parce que c'est une hérésie, voilà pourquoi ! Il n'y a vraiment que toi pour oser des trucs pareils ! Pourquoi pas des spaghettis au chocolat, tant que tu y es ?

— Mais justement, c'est divin les spaghettis au chocolat ! Ma mère nous en fait souvent, à ma sœur et à moi. Tu cuis tes pâtes à grande eau sucrée, tu fais fondre ton chocolat au bain-marie dans une petite casserole…

— Stop ! Je refuse d'en entendre davantage. Chez nous en Italie, les spaghettis se cuisent à l'eau salée et s'assaisonnent d'un trait d'huile d'olive. Si tu me reparles d'eau sucrée, je sors goûter dans le jardin !

— Bon, bon, mettons que je n'ai rien dit. C'est fou comme tu peux être étroit d'esprit, parfois… »

Le jeune Antillais allait ajouter quelque chose, lorsque la conversation fut brusquement interrompue par un bruit à l'étage.

« T'inquiète, déclara Théophile en haussant les épaules. C'est Samantha qui pique sa crise ! Quand je la laisse en liberté dans la chambre, ça la grise toujours un peu. Alors elle court partout comme une folle en semant la dévastation…

— Comment elle fait pour semer la dévastation avec ses cinq centimètres et ses dix grammes ? Tu lui donnes de la potion magique, ou quoi ?

— Pas besoin, elle a une force incroyable. Une fois, je l'ai vue percuter un gros dictionnaire qui se trouvait en équilibre sur mon bureau, et… »

Le blondinet s'interrompit à son tour et leva les yeux vers le lustre. L'explosion d'un objet en verre venait d'ébranler le plafond.

« Miséricorde ! souffla-t-il, incrédule. Elle a renversé le bocal du poisson rouge ! Vite, Bonav, une casserole d'eau, avant que le pauvre Pacôme ne s'asphyxie ! »

Tandis que le jeune Antillais se précipitait vers le

placard aux casseroles, son camarade détala en direction des escaliers.

Le spectacle qu'il découvrit en ouvrant la porte de la chambre était si inattendu et si atroce qu'il en demeura tout d'abord hébété d'horreur. Sur le tapis imbibé d'eau et constellé d'éclats brillants, Pacôme gisait, percé d'outre en outre par une longue écharde de verre. Et à quelques pas du cadavre, la petite souris blanche Samantha achevait d'expirer entre les pattes d'un gros chat roux inconnu !

« Chhhhââââââ ! s'écria-t-il en se précipitant vers le maléfique félin. Chhhhâââââââââââââââ ! »

Le matou eut un coup d'œil oblique vers le jeune garçon mais ne desserra pas son étreinte. C'était un dur à cuire : il allait falloir trouver autre chose pour l'impressionner. Théophile empoigna une vieille balle de tennis effilochée qui se trouvait sur son bureau et la lança de toutes ses forces en direction de la bête. Il fit mouche du premier coup, et le chat cueilli entre les deux oreilles, détala de biais vers les escaliers.

Enjambant les éclats de verre, le jeune garçon courut porter secours à la petite victime. Il s'agenouilla auprès d'elle et la prit délicatement dans sa main. La pauvrette semblait fort mal en point. Son tendre abdomen rose était zébré de coups de griffes, et elle avait des marques de morsures au museau et aux pattes. À la vue de tant d'affreuses blessures, il sentit deux grosses larmes lui monter aux yeux. Comme il reniflait en prenant sur lui pour ne pas éclater en sanglots, un bruit de dégringolade le fit se retourner. L'abo-minable matou venait de passer comme un bolide entre les jambes de Bonaventure, qui en avait lâché sa casserole d'eau. Théophile perçut un tumulte de pas dans l'escalier, puis le bruit du robinet de la cuisine que son camarade actionnait de nouveau. Quelques instants plus tard, ce dernier bondissait dans la chambre, hors d'haleine et une casserole débordante à la main. En découvrant le cadavre de Pacôme embroché sur le tapis, il se figea, saisi d'horreur, et s'exclama :

« La vache ! Elle a zigouillé le poisson rouge…

— Ce n'est pas elle, protesta faiblement Théophile en montrant la petite souris blanche qui haletait au creux de sa main. C'est ce maudit chat ! Regarde dans quel état il l'a mise… »

Bonaventure posa sa casserole sur le bureau et examina Samantha en écartant ses tresses.

« Oh, mon vieux ! souffla-t-il, consterné. Elle est à l'agonie ! Il faut la conduire de toute urgence dans une clinique vétérinaire !

— Tu as une adresse ?

— 21, rue Mirabelle. Une équipe de professionnels. Ce sont eux qui ont sauvé Coin-Coin, la fois où il avait mangé cette moitié d'éponge…

— C'était qui, Coin- Coin ? Un canard ?

— Le hamster de Clarisse. Il était sujet à la boulimie. Un jour, il a mangé un gros bout d'éponge qu'il avait trouvé sous l'évier. Après ça, il a eu la bonne idée de boire un fond d'eau qui stagnait dans le bac. Il a aussitôt quadruplé de volume ! Eh bien, les types de la clinique Mirabelle ont réussi à lui sortir l'éponge du gosier avec un genre de grosse ventouse ! Roule ta souris dans une bande de gaze et rejoins-moi en bas. Je descends couper le gaz sous mon omelette, qui est en train de carboniser… »

Un quart d'heure plus tard, les deux jeunes gens pénétraient patins aux pieds dans le hall de la clinique vétérinaire. La dame en blouse blanche qui se tenait assise derrière le comptoir parut stupéfaite de les voir passer en trombe sous son nez.

« Dites, les enfants ! s'exclama-t-elle. Quelle mouche vous pique d'entrer ici avec vos patins ?

— Question de vie ou de mort, m'dame ! rétorqua Bonaventure en faisant volte-face et en continuant de patiner à reculons. La souris de mon pote a été attaquée par un gros chat ! Les urgences, c'est quelle porte ?

— La dernière au bout du couloir. Mais patinez donc à l'endroit, vous allez renverser le docteur Ganachon ! »

En effet, le docteur Ganachon, un petit barbichu à lunettes coiffé d'un bonnet de papier qui débouchait par une porte dérobée, ne dut son salut qu'à un réflexe qui le fit se précipiter dans les plantes vertes pour échapper à la collision. Il bascula à grand bruit dans un yucca, cependant que la dame à la blouse blanche levait les bras au ciel en s'écriant, hystérique :

« Au secours ! Appelez la police ! Deux petits voyous viennent d'agresser un membre de l'équipe médicale ! »

Passé le premier moment de stupeur, Théophile et Bonaventure se précipitèrent vers le barbichu pour le tirer de ce mauvais pas. Il n'avait rien de cassé, Dieu merci, à l'exception de ses lunettes, dont une moitié pendait à son oreille gauche tandis que l'autre gisait sur le sol à côté du yucca défeuillé.

« Eh bien ? fit-il en rajustant sur son crâne son bonnet aplati. J'attends une explication…

— C'est à cause de ma souris, docteur, commença Théophile en montrant Samantha emmaillotée dans la bande de gaze. Elle est blessée ! Un chat lui est tombé dessus par surprise… »

Le docteur Ganachon décrocha la moitié de lunette qui pendait sur sa joue et, usant du verre comme d'une loupe, il examina attentivement la petite bestiole. Après quoi il hocha la tête en disant :

« C'est fini, petit. Ta souris a cessé de vivre. Je suis désolé… »

Théophile, foudroyé, recula sur ses patins sans dire un mot. La tension nerveuse faisait tressauter ses lèvres. Il était de nouveau bien prêt de fondre en larmes.

« Allons, fit Bonaventure en roulant jusqu'à lui et en lui passant un bras autour des épaules. Tiens le coup, mon vieux ! Je suis avec toi... »

Il commença à le pousser doucement en direction du hall d'entrée.

Le blondinet, assommé de chagrin, ne pipait mot.

« Ne te culpabilise pas, surtout, reprit-il. Tu n'y es pour rien... L'heure de Samantha avait sonné, et voilà tout. Chez moi dans les îles, on dit : "Celui qui se démène pour tenter d'échapper à son destin ressemble au poisson qui saute de la poêle directement dans le feu !"

— Et alors ? demanda Théophile sortant de son mutisme. Quel rapport ?

— Aucun. C'était juste histoire de parler.

— Si c'est pour dire des trucs pareils que tu ouvres la bouche, alors garde-la fermée, je préfère. L'épreuve que je traverse est déjà suffisamment pénible comme ça...

— Entendu. Une dernière remarque toutefois : occupons-nous de donner à Samantha une sépulture décente. Dans ce genre de circonstances, plus vite on agit et mieux ça vaut... »

Le docteur Ganachon ne voulut pas entendre parler d'argent, ni accepter le paquet de chewing-gums à la violette que Bonaventure offrait en manière de rétribution. Il prit congé des deux jeunes gens et courut chercher une paire de lunettes neuves dans le tiroir de son bureau. Après quoi il retraversa le couloir au pas de course en enfilant fébrilement des gants de latex : on l'attendait au bloc, où il devait opérer de toute urgence un crocodile qui avait avalé un bicorne d'académicien.

Dehors, l'ardeur du soleil avait un peu décliné, mais il faisait encore très chaud. Une douce lumière de fin d'après-midi rosissait les toits de tuiles romaines du quartier piétonnier. Les deux jeunes gens roulèrent un moment au hasard des rues. Puis Bonaventure, avec son habituel sens pratique, proposa tout de go :

« On devrait faire un petit crochet par le jardin Sainte-Clothilde, histoire d'enterrer Samantha avant que sa dépouille ne commence à sentir. Je connais un massif de bégonias où elle reposera en paix… »

Théophile eut un hochement de tête, et ses paupières battirent plusieurs fois de suite. Mais il ne répondit mot.

« Attends-moi ici une minute, reprit son camarade en lui touchant le bras. Je reviens… »

Il entra dans le bureau de tabac qui faisait l'angle de la rue des Capucines et reparut quelques instants plus tard, une grosse boîte d'allumettes à la main.

« J'ai pris une boîte d'allumettes modèle familial ! Une fois vidée, ça fera office de cercueil…

— Merci, Bonav, articula enfin le blondinet d'une voix morne. Heureusement que tu penses à tout.

— Il ne manquerait plus que je t'abandonne à ton triste sort ! Quand on perd un être cher, on n'a pas la tête aux détails logistiques. Je l'ai bien vu avec Clarisse. Quand Coin-Coin est tombé du balcon, quelques mois après le coup de l'éponge, elle a traversé une sale passe. Elle errait dans la maison comme une somnambule en parlant à une petite marmotte en peluche qu'une tante lui avait rapportée de la montagne. On a dû la conduire chez madame N'Guyen, l'homéopathe. Elle lui a prescrit des granules. Et finalement, peu à peu, tout est rentré dans l'ordre... »

Théophile baissa les yeux et contempla le cadavre emmailloté de sa petite compagne. Quels granules auraient le pouvoir de le guérir de son chagrin ? Il se sentait affreusement coupable d'avoir laissé cette fenêtre ouverte. Pauvre Samantha ! Pauvre Pacôme ! Victimes des conséquences de son étourderie.

« Va pour les bégonias de Sainte Clothilde ! lâcha-t-il après un temps de silence. Autant en finir le plus vite possible. Mais passons d'abord chez moi récupérer Pacôme. Lui aussi mérite une sépulture. On a un peu trop tendance à l'oublier... »

Ils firent demi-tour et remontèrent le boulevard Ledru-Rollin. Revoir le lieu du drame leur fut pénible à tous les deux. Pacôme gisait toujours sur le tapis, embroché sur l'aiguille de verre. Il était à présent tout raide, et ses belles écailles rouges avaient perdu leur éclat. Tandis que Théophile réparait les dégâts dans la chambre, Bonaventure prépara le cercueil des bêtes défuntes. Le poisson et la souris furent allongés côte à côte dans le tiroir de la boîte d'allumettes préalablement garni de coton, comme deux amants romantiques unis dans la mort.

C'était un spectacle émouvant pour qui avait l'âme un tant soit peu sensible.

« Je prononcerais bien une oraison funèbre, déclara le blondinet après les avoir contemplés d'un œil attendri. Mais je n'en connais pas…

— Moi, je connais un chant créole sur la mort d'un petit singe assommé par une noix de coco. C'est très beau et très triste. Je le réciterai à Sainte- Clothilde au moment de la mise en terre, si tu veux…

— C'est aimable à toi. Ça allégera un peu ma mauvaise conscience, d'offrir à mes bêtes un enterrement digne de ce nom. »

Les deux jeunes gens avaient emporté une cuillère à soupe avec laquelle Théophile creusa un trou dans le parterre de bégonias cependant que Bonaventure faisait le guet à l'angle de la cabane à frites. Le danger principal de Sainte-Clothilde, c'était le garde Polyphème, un borgne moustachu qui détestait les Noirs, les patineurs et les enfants, et vouait par conséquent une haine triplement féroce au jeune Antillais.

« Magne-toi, Théo ! souffla ce dernier en regardant de biais son camarade. Tu es bien long pour un si petit trou ! On enterrerait un couple d'hippopotames, je comprendrais. Mais un poisson rouge et une souris blanche…

— On est en août, mon vieux ! La terre est sèche ! Et puis, ma cuillère se tord. C'est de la camelote, les couverts d'aujourd'hui ! Quand je pense qu'autrefois, les bagnards creusaient des galeries de cent cinquante mètres de long avec une simple cuillère à moka…

— Je t'avais pourtant dit de prendre la pioche. En trois coups bien ajustés, tu retournais tout le massif !

— Ben voyons ! Et dans la discrétion, qui plus est…

— Peut-être pas. Mais au moins, avec la pioche, on pouvait se défendre en cas d'attaque de Polyphème ! Tandis qu'avec une cuillère à soupe…

— Polyphème est un sale raciste, c'est entendu. Mais de là à lui foutre des coups de pioche, il y a tout de même un pas…

— Que je franchirais sans remords, crois-moi ! Un petit coup de pioche bien appliqué vaut parfois mieux qu'un long discours. Et puis, ça réglerait le problème Polyphème une fois pour toutes : il n'y aurait qu'à agrandir le trou sous les bégonias. »

Après quelques minutes, le jeune Antillais fut prié de venir assister à la descente du cercueil. Il aida son camarade à combler la fosse minuscule, puis fredonna la chanson du petit singe et de la noix de coco.

Théophile n'y comprit rien, car c'était du patois créole de Basse-Terre. Mais le sensible chanteur finit par s'émouvoir lui-même, et il fondit en larmes dans les bras de son camarade qui eut toutes les peines du monde à le consoler.

Les deux jeunes gens quittèrent le massif de bégonias et roulèrent jusqu'à un banc où ils s'assirent en silence.

Quelques pigeons s'attroupèrent aussitôt à leurs pieds, mais Bonaventure les épouvanta en tirant de sa poche un mouchoir de madras dans lequel il se mit à trompeter bruyamment.

« Chaque fois que j'entends cette chanson, j'éclate en sanglots ! bredouilla-t-il. C'est plus fort que moi. Ce petit singe orphelin qui se penche sur le cadavre de sa mère et reçoit une noix de coco sur la tête, c'est tellement poétique, tellement inattendu ! Je... »

Il ne put aller plus loin, car sa voix s'étranglait. Théophile, que les malheurs du petit ouistiti laissaient de marbre, hocha la tête et contempla les roues usées de ses patins. Après tout, quand on est malin comme un singe, on met un casque pour se promener sous les cocotiers ! Il ferma les yeux et imagina Samantha et Pacôme, allongés l'un près de l'autre sous les bégonias.

« Je suis un misérable, Bonav ! souffla-t-il tout à coup sur un ton tragique. Si j'avais fermé cette fenêtre et laissé Samantha dans sa cage, rien de tout ça ne serait arrivé ! Oh, je voudrais tant pouvoir réparer ma faute ! Mais c'est trop tard, hélas...

— Oui. Tout s'arrange, sauf la mort, comme on dit chez moi. La fenêtre est restée ouverte, et rien ne pourra changer cette réalité. À moins de remonter dans le passé, bien sûr... »

À ces mots, Théophile se tourna vers son camarade, l'air bouleversé.

« Mais la voilà, l'idée ! s'exclama-t-il. Tu as du génie, Boubou ! Il suffit de remonter dans le passé, en effet…

— Comment ça, il suffit de remonter dans le passé ? Tu crois peut-être que c'est facile ?

— Mais oui. Enfantin, même ! On va aller à la bibliothèque consulter le grimoire de magie rouge[1]. Ce vieux bouquin comporte une recette qui devrait nous permettre de changer le cours des choses…

— Explique-toi un peu mieux. Tes propos sont complètement décousus ! Comment veux-tu changer le cours des choses ? C'est impossible, voyons !

— Suppose une minute qu'on fabrique un engin qui nous permette de remonter le cours du temps. Je me transporte la veille du drame, je ferme cette foutue fenêtre, et le tour est joué ! »

Bonaventure eut un frémissement d'effroi, et il écarquilla les yeux.

« Tu vas te lever tout de suite de ce banc et m'accompagner chez madame N'Guyen ! Le chagrin t'égare, tu as besoin de granules homéopathiques…

1. Voir *Le Grimoire d'Arkandias* et *Arkandias contre-attaque*.

— Ah oui ? Et l'anneau magique d'invisibilité ? Et le diadème de sujétion[2] ? Je les ai inventés, peut-être ? »

Bonaventure fit la moue.

« Non, bien sûr. Mais le voyage dans le passé, c'est un non-sens ! D'un point de vue logique, ça ne tient pas debout...

— Je me fiche de la logique ! J'ai toujours eu horreur de ça ! Et puis zut, à la fin ! Avec toi, c'est toujours la même rengaine. Si je t'avais écouté, on n'aurait jamais rien tenté ! Je vais le construire tout seul, ce satané sarcophage d'outretemps ! Et rira bien qui rira le dernier !

— Le sarcophage d'outre-quoi ? demanda Bonaventure en soulevant le paquet de nattes qui recouvrait son oreille gauche.

— Le sarcophage d'outretemps. Une sorte de boîte en argile recouverte de pastilles d'or. Je ne me souviens plus exactement des termes de la recette, mais en gros, ça permet de permuter toutes les particules d'un corps pour les orienter vers un axe spatio-temporel différent...

— Et en clair, ce charabia signifie quoi ?

2. Deux gadgets confectionnés lors de précédentes aventures.

— Que par l'action du sarcophage, tu te faufiles dans le cosmos jumeau. Une fois dans l'envers du décor, tu peux aller où bon te semble. Vers le passé, le futur…

— Sans blague ! Pour de bon ?

— Mais oui, pardi ! Les recettes hyperchimiques d'Arkandias, ça n'est pas de la roupie de sansonnet ! »

Le jeune Antillais se mit à mordiller une de ses nattes, signe chez lui d'une intense activité cérébrale.

« Je dois reconnaître que l'idée est séduisante. S'il n'y avait pas eu les précédents de l'anneau et du diadème, je t'aurais ri au nez. Mais ayant vu ce que j'ai vu…

— Tu es partant ? Tope là ! Je savais bien que je pouvais compter sur toi…

— Minute ! Laisse-moi d'abord poser mes conditions. Je veux bien fabriquer le bidule avec toi. Mais seulement si, en échange, tu me promets de faire un petit bond de trois ans dans le passé.

— Trois ans ? Mais c'est énorme ! Pour quoi faire ?

— Pour sauver Coin-Coin ! Ça fera pile trois ans

à Noël qu'il est tombé du balcon. Clarisse avait oublié de fermer la fenêtre. Depuis, ça la ronge. Je n'ai pas besoin de te faire un dessin... »

Théophile acquiesça gravement.

« Marché conclu, dit-il. On matérialisera le sarcophage sous ton balcon, et tu n'auras qu'à tendre la main pour récupérer ton alpiniste à poils longs… »

Le visage du jeune Antillais s'éclaira d'un magnifique sourire, et il claqua avec enthousiasme la paume de son ami. Puis, selon leur habitude, les deux jeunes gens entrechoquèrent leur poing avant de se serrer la main.

En arrivant chez lui un quart d'heure plus tard, Théophile trouva Marie à quatre pattes dans la cuisine, qui rangeait les courses dans le réfrigérateur. Il se précipita immédiatement vers un gros sac en papier débordant de victuailles qui penchait dangereusement au bord de la table, et rattrapa au vol la boîte d'œufs avant qu'elle ne s'écrase sur le carreau.

« Chapeau ! fit sa mère en se retournant et en clignant son bel œil noir. De pareils réflexes, ça force l'admiration. On échappe de justesse à l'omelette de douze œufs…

— Si j'avais su, j'aurais tout laissé tomber ! J'adore ça, moi, les omelettes…

— Alors pourquoi n'as-tu pas mangé celle qui se trouve sur la cuisinière ? Ce truc brunâtre qui empeste la cannelle et le caramel brûlé…

— Oh, ça ! fit le garçon en haussant les épaules. C'était une recette de Bonaventure : l'omelette à la confiture de mangues. Seulement, on n'a pas eu le temps d'y goûter, parce qu'un drame s'est produit…

— Un drame ? demanda Marie en se redressant, soudain inquiète. Comment ça ?

— Un truc vraiment affreux. Pacôme et Samantha ont été attaqués par un gros chat…

— Ils sont blessés ? »

Les mots adéquats manquaient pour exprimer l'horrible vérité. Aussi Théophile se contenta-t-il de baisser les yeux et de hocher la tête d'un air navré. Marie comprit tout de suite.

« Ils sont morts, c'est ça ? Quelle horreur ! Mon pauvre chéri… »

Elle se redressa aussitôt pour prendre son petit

garçon dans ses bras et lui ébouriffer tendrement les cheveux.

« Nous allons les enterrer dans le jardin, dit-elle d'une voix douce. Puis nous laisserons passer quelques semaines ou quelques mois, et nous reprendrons un poisson et une petite souris blanche. Nous leur trouverons d'autres noms, et cette fois, nous ne laisserons personne leur faire du mal. Au fait, d'où sortait-il, ce gros chat ?

— Je ne sais pas. Il est entré par la fenêtre de ma chambre. En tout cas, pour ce qui est des obsèques, tu arrives trop tard : Pacôme et Samantha reposent sous un massif de bégonias à Sainte-Clothilde. Bonav et moi rentrons juste de les enterrer… »

2
Café Carabosse

LE lendemain matin, Théophile arriva pile à l'heure au rendez-vous avec Bonaventure, place Vieille-Monnaie. Les portes de la bibliothèque n'étaient pas encore ouvertes, mais son camarade patientait déjà assis (ou plus exactement vautré) sur un banc à l'ombre d'un marronnier. Le blondinet se hâta d'attacher son vélo au panneau de stationnement interdit qui faisait l'angle de la rue du Chardonnet, et il rejoignit ce dernier en s'exclamant :

« Déjà là ! Mais tu es tombé du lit, ma parole ! Qu'est-ce qui te prend d'être à l'heure ? Ça n'est pas ton genre, pourtant !

— Je n'ai pas fermé l'œil de la nuit. Un cauchemar atroce ! Coin-Coin me poursuivait dans tout l'appartement. Il était habillé en alpiniste, avec un bonnet à pompon et de grosses chaussures de cuir. Je me réfugiais sur le balcon, mais il cassait la vitre avec son piolet et il s'avançait vers moi en souriant pour me montrer ses incisives. Finalement, j'enjambais la balustrade pour lui échapper…

— Avoir peur d'un hamster, quelle honte ! Surtout d'un hamster habillé ! Ça aurait dû te faire rigoler ! C'est mignon comme tout, je trouve…

— Dans mon rêve, Coin-Coin mesurait deux mètres et pesait cent-vingt kilos. Il n'avait rien de mignon, crois-moi ! »

Théophile vit tout à coup se dresser devant lui un colossal rongeur grimé en montagnard, et il ne put réprimer un petit frisson.

« Effectivement, je dois reconnaître que de la rigolade à la trouille bleue, ça n'est finalement qu'une question de taille…

— Et de poids ! compléta le jeune Antillais visiblement éprouvé. Tu aurais vu le mastard ! Quand il me coursait dans la chambre, j'entendais craquer les lames du parquet ! J'avais les jambes en coton, je pédalais dans la semoule. Oh, mon vieux ! J'en ai encore les nattes qui se dressent sur la tête…

— Oublie ça, Boubou. On a du pain sur la planche. Les portes viennent d'ouvrir. Magnons-nous de monter jeter un coup d'œil au grimoire d'Arkandias. »

La remplaçante de madame Benedetti, une grande blonde en pantalon de cuir noir et chemisier blanc qui mâchait un chewing-gum à l'accueil, fit tout de suite mauvaise impression au jeune Antillais.

« Qui c'est, cette bonne femme ? demanda-t-il en tordant la bouche derrière ses nattes. Une nouvelle ? Elle a mauvais genre ! Je préférais l'autre dame. Ta copine au chignon gris…

— Madame Benedetti ? Elle est en vacances. Sois un peu poli avec les gens ! Ce n'est pas parce que tu manques de sommeil que tu dois insulter tout le monde. Cette dame est sans doute très gentille. Tu ne la connais pas…

— Rien qu'à voir comment elle mâche son chewing-gum, je devine à qui j'ai affaire. Enfin moi, ce que j'en dis… »

Théophile jeta un regard noir à son camarade avant de s'avancer vers la remplaçante de madame Benedetti, qui feuilletait une revue et ne parut pas remarquer sa présence.

« Bonjour madame, dit-il après avoir toussoté dans l'espoir d'attirer son attention. On voudrait consulter un ouvrage intitulé *Leçons pratiques de Magie rouge*. Est-ce qu'on peut monter au premier ?

— Vous avez une carte ? répondit la dame sans daigner lever le nez de sa revue. »

Théophile prit aussitôt sa carte de bibliothèque dans la poche de son sac à dos, et il la posa sur le comptoir, devant le lecteur de codes-barres.

« Votre inscription doit être renouvelée, fit la dame après avoir bipé la carte et consulté l'écran de l'ordinateur. C'est quatre-vingt francs... »

Le blondinet eut un sourire confus.

« Je sais. Madame Benedetti me l'avait déjà signalé. Le problème, c'est que je n'ai pas encore reçu mon argent de poche du mois...

— Que voulez-vous que j'y fasse? Revenez quand vous l'aurez touché !

— En réalité, je viens juste consulter sur place,

sans rien emprunter. Alors, je me disais que peut-être...

— Il n'y a pas de peut-être. Même pour consulter sur place, il faut être inscrit. C'est le règlement… »

Théophile rempocha sa carte et tourna les talons sans plus insister.

Il revint trouver son camarade, qui entre-temps s'était assis dans un fauteuil pour somnoler tout à son aise, et lui murmura à l'oreille :

« Cette idiote refuse de nous laisser consulter le grimoire. Ça commence bien…

— C'est le manque de sommeil qui te rend impoli avec les gens ? répliqua Bonaventure ironique. Tu as rêvé de Coin-Coin, cette nuit ?

— Oh, ça va ! Écrase, veux-tu ? Trouve plutôt un moyen de contourner l'obstacle…

— Mais il est tout trouvé, le moyen ! s'exclama le jeune Antillais en bondissant de son siège. Je vais lui montrer, moi, à cette dinde, ce qu'il en coûte de contrarier un type qui a mal dormi ! »

Et avant même que Théophile ait pu réagir, son camarade traversait la salle d'un pas résolu.

« Le cabriolet rouge garé sur la place Vieille-

Monnaie, c'est à vous ? interrogea-t-il en posant les deux poings sur le comptoir d'accueil.

— Oui, pourquoi ? répondit la dame interloquée.

— Quelqu'un a mis un coup de cutter dans votre bâche pour vous voler votre autoradio ! L'alarme sonne depuis cinq minutes. Vous ne l'entendez pas ? »

Au lieu de répondre, la dame se leva d'un bond et s'éclipsa dans la rue.

« Amène-toi, Théo, fit le jeune Antillais en se tournant vers son camarade. La voie est libre. Mais on ne va pas avoir beaucoup de temps… »

Les deux jeunes gens grimpèrent les marches quatre à quatre, et Théophile en profita pour demander :

« Comment as-tu su que la voiture était à elle ? C'est de la sorcellerie !

— De la psychologie, tout au plus. Enfin voyons : un cabriolet aussi tape-à-l'œil et vulgaire que son rouge à lèvres ! C'était signé, non ? »

Ils franchirent les grandes portes vitrées à ouverture automatique.

La salle de consultation était déserte, et toutes

ces chaises vides le long des grandes tables faisaient vraiment un drôle d'effet.

« Fonce chercher le grimoire, Bonav ! s'exclama Théophile en obliquant vers le local de photocopie. Moi, je m'occupe de mettre les machines sous tension. La remplaçante ne l'a pas fait…

— Ça ne m'étonne pas, c'est une fainéante. Il n'y a qu'à voir comment elle mâche son chewing-gum pour le deviner aussitôt !

— Ah oui ? Tu as mis au point une science d'analyse du mâchouillage, c'est ça ? Après la graphologie et la morpho-psychologie, tu nous ponds la « mâchouillologie ». Très intéressant... Tu comptes faire école ? »

Plutôt que de répondre, le jeune Antillais se contenta de hausser les épaules et de s'éloigner entre les travées.

Deux minutes et trente cinq secondes plus tard, les deux comparses quittaient la bibliothèque au pas de course en emportant une copie complète de la recette du sarcophage d'outretemps. Comme ils débouchaient sur la place Vieille-Monnaie, la blonde en pantalon de cuir noir parut à l'angle de la rue du Chardonnet.

« Dites donc, vous ! s'exclama-t-elle avec une intonation vulgaire. C'est quoi, ces histoires d'alarme et de bâche fendue ? Elle est impeccable, ma voiture !...

— Parle à mes pieds, ma tête est malade ! » répondit le jeune Antillais du tac au tac. Et pour donner plus de poids à sa réplique, il désigna ses vieilles tennis effilochées. Comme Théophile lui faisait les gros yeux, il ajouta :

« Oui, je sais. Mais que veux-tu, je n'ai pas mon compte de sommeil. Je viendrai m'excuser demain, quand j'aurai dormi ! »

Mieux valait ne plus trop traîner dans les parages. Théophile courut détacher son vélo, cependant que Bonaventure chaussait en hâte ses patins.

Un moment plus tard, les deux jeunes gens poussaient la porte du Café Carabosse, un repaire de mauvais sujets où ils avaient leurs habitudes. Cet estaminet implanté fort judicieusement à quelques dizaines de mètres du lycée ne désemplissait pas d'un bout à l'autre de l'année, exception faite des périodes de vacances scolaires, où il devenait subitement aussi lugubre que le hall d'une gare désaffectée. Bonaventure s'avança patins aux pieds entre les tables vides, saluant au passage l'unique client des lieux, un vieux monsieur atteint de tremblote qui avait toutes les peines du monde à boire proprement son verre de vin blanc.

« Je crois que je vais commander un expresso bien tassé, articula-t-il en s'accoudant au comptoir. J'ai du mal à garder les yeux ouverts. Tu veux quoi, Théo ?

— Un jus de mangue. Mais pas en bouteille, en boîte. Je me méfie des jus en bouteille. Une fois sur deux, ils sont périmés… »

Il avait parlé assez fort pour que le patron, un ancien boxeur au crâne tondu qui se prénommait Ferdinand mais que tout le monde appelait Capucine, prenne aussitôt la mouche, selon son habitude.

« Comment ça, périmés ? Accuse-moi d'empoisonner la clientèle, tant que tu y es ! Je te signale que tous les produits de ce café sont de première fraîcheur ! Et d'ailleurs, le jus de fruit est une boisson noble qui peut être consommée bien au-delà des dates limites indiquées sur les bouteilles. Ça ne pourrit pas, un jus de fruit : ça fermente, et ça devient du vin !

— Ça devient du vin, si c'est du jus de raisin…

— Pas nécessairement. Ça peut devenir du vin de palme, si c'est de la sève de palmier. Ou même du vin d'orange, s'il s'agit de jus d'orange…

— Le dernier jus de mangue en bouteille que j'ai commandé à ton comptoir était tout coagulé, et il y avait une sorte de mousse verte à la surface. Quand je l'ai décapsulé, tout le monde s'est précipité dehors tellement ça empestait. C'était du vin de mangue, alors ? Si j'avais su, je l'aurais bu ! »

Comme Capucine fronçait les sourcils en regardant le blondinet d'un air soupçonneux, Bonaventure jugea préférable de calmer le jeu.

« Il plaisante. Tes jus sont très bons. C'était juste pour te faire enrager. Enfin quoi, tu connais l'oiseau, non ?

— Oui et non. Ce petit gars est un comédien hors pair. Même quand il débite des sornettes, il reste sérieux. Ça fait que je ne sais jamais à quoi m'en tenir avec lui. Alors, Amoretti ? Jus de mangue, ou crochet au menton ?

— Jus de mangue, répondit Théophile charmé.

Et un expresso bien tassé pour Bonaventure, qui a passé une fort mauvaise nuit…

— Désolé, mon garçon, fit Capucine en se tournant vers le jeune Antillais. Le café est un poison pour les enfants. Si tu as mal dormi, rentre plutôt te coucher. Après tout, les vacances sont faites pour se reposer…

— C'est qu'on a du boulot, protesta Bonaventure sans grand enthousiasme. On est venus étudier au calme une leçon pour la rentrée…

— À la mi-août ? Vous commencez tôt !

— La mi-août, c'est presque déjà le début de septembre, répondit Théophile qui argumentait à merveille. Les feuilles jaunissent, l'espérance s'amenuise. On sent qu'une catastrophe se prépare… »

Capucine considéra tour à tour ses deux jeunes interlocuteurs. Puis il se pencha sous son comptoir afin d'y prendre un filet d'oranges qu'il posa sur le zinc.

« Je vais vous presser à chacun un grand verre de jus d'orange bien épais. La vitamine C, ça requinque ! Allez donc vous asseoir en salle… »

Le ton était péremptoire et les deux jeunes gens jugèrent préférable d'obtempérer. Ils allèrent s'installer près d'une fenêtre qui donnait sur un jardinet où prospérait un chèvrefeuille bourdonnant d'abeilles, et Théophile sortit de la poche de son blouson trois feuillets fripés qu'il étala sur le plateau de marbre en disant :

« Voyons un peu quels ingrédients il va nous falloir réunir cette fois-ci. »

Il commença sa lecture, en articulant bien et en variant le ton afin que son camarade reste éveillé.

De la confection du Sarcophage d'outretemps

Pour confectionner un sarcophage de transit vers le cosmos jumeau, il convient de se procurer :

1-Un sarcophage de bois blanc sans nœuds

2-Quatre billes de chêne

3-Un gros pot d'argile rouge

4-Une pelote de fil suiffé

5-Deux gouttes de glu.

6-Une boule de cristal

7-Quatre cent quarante-quatre disques de papier jaune d'un diamètre de quatre centimètres

BERGER
ANISETTE'

Modus Operandi :

Disposer le sarcophage de bois blanc sur les billes de chêne et l'enduire d'argile rouge.

Disposer les disques de papier jaune sur toute la surface du sarcophage en les pressant sur l'argile fraîche. Puis relier entre eux les disques avec des brins de fil suiffé (Cf. croquis n°1).

Placer la boule de cristal à l'intérieur du sarcophage, et opérer la jonction avec les brins suiffés amont et aval au moyen de deux points de glu (Cf. croquis n°2).

Procéder ensuite de la manière suivante :

Prendre place dans le sarcophage et refermer soigneusement le couvercle.

Orienter la flûte en direction de la boule de cristal, et jouer l'air hyperchimique choisi :

Chaque mesure de l'air n° 14 déplace d'un mois dans le passé.

Chaque mesure de l'air n° 15 déplace d'un mois dans le futur.

On affine avec les airs n° 16 et n° 17, qui déplacent respectivement d'un jour dans le passé et d'un jour dans le futur.

NB : La moindre fausse note bloque définitivement l'expérimentateur dans le cosmos jumeau. Il est donc conseillé de mettre au point son testament avant de tenter l'expérience.

« Eh bien ! fit Bonaventure un peu refroidi. Voilà un avertissement inquiétant ! Toute cette affaire mérite réflexion, en définitive…

— La réflexion tue l'action, mon vieux ! Si on commence à réfléchir à tous les dangers du voyage, nos bêtes ne sont pas prêtes de ressusciter. Et toi, tu n'as pas fini de recevoir en rêve la visite d'un hamster géant ! »

Cet argument puissant ébranla le jeune Antillais sur ses bases, et il tendit aussitôt la main vers son camarade en disant :

« Tout plutôt qu'une nouvelle visite de ce montagnard à poil long ! Je suis partant. Donne-moi les partitions de musique hyperchimique, que j'y jette un coup d'œil. Si la moindre fausse note doit nous être fatale, autant commencer à répéter tout de suite…

— Pour avoir les partitions, nous allons devoir commencer par rendre une petite visite à monsieur

Arkandias dans son château[3]. Tu sais bien que le grimoire présente toujours des recettes incomplètes et truffées d'erreurs…

— Comment fera-t-on pour traverser le parc ? Tu oublies les chiens.

— Les chiens sont en vacances, et leur maître aussi. Je te rappelle qu'on est au mois d'août. Tout ce petit monde a dû filer sur la Côte d'Azur… »

Bonaventure se mit à pouffer discrètement derrière ses nattes.

« Il n'a pas trop une tête à bronzer en maillot sur la plage, Arkandias. Il est pâle comme une endive, et maigre comme un clou ! Je le vois plutôt prenant la lumière sous les néons de son atelier souterrain, allongé tout nu sur une planche à clous.

— On pourrait se rendre là-bas en début d'après-midi avec nos vélos, histoire de vérifier qui de nous deux a raison. Ce serait notre promenade digestive…

— Dix bornes en pleine cambrousse, tu parles d'une promenade ! Et sous un soleil de plomb, en plus ! C'est des coups à faire une insolation. Surtout en pleine digestion…

3. Monsieur Arkandias garde dans son château d'Espagnet tous les compléments indispensables aux recettes de magie rouge.

— Tu n'auras qu'à manger léger, ça te changera.

— Je préfère manger à ma faim, et prévoir une casquette. L'esprit de mortification a ses limites… »

Les deux jeunes gens se turent brusquement, car Capucine venait de paraître avec son plateau.

« Comparé à un entraînement de boxe, dix kilomètres à vélo, c'est de la gnognote ! déclara l'ancien puncheur en posant les verres de jus d'orange sur la table. De mon temps, on courait nos trente-cinq kilomètres tous les deux jours. Et après ça, cinq cents pompes, et autant d'abdominaux…

— Et pour finir, vous faisiez une partie de corde à sauter, compléta Théophile pince-sans-rire. Les boxeurs aiment sauter à la corde en fredonnant des comptines. Certains jouent même à la marelle, à ce qu'il paraît… »

Une flamme passa dans le regard de Capucine, qui se mit en garde devant le jeune garçon et commença à se dandiner d'une jambe sur l'autre en agitant ses gros poings et en disant :

« Debout, Amoretti ! Réglons ça entre hommes ! Je vais te faire passer le goût du pain… »

Puis, avant même que le jeune garçon ait eu le temps de réagir, il se haussa sur la pointe des pieds, troussa son tablier et partit vers le comptoir en sautillant de carreau en carreau et en fredonnant d'une voix aiguë de fillette : « Violettes, violettes, petits bouquets jolis… »

3

L'attaque de la forme-pensée

THÉOPHILE passa prendre Bonaventure chez lui peu après déjeuner. Il dut patienter un moment au salon, car le gourmand achevait de déguster une grosse glace au melon saupoudrée de chocolat amer. Il profita de ce moment d'inaction pour répéter les phases du plan qu'il avait mis au point, tout en faisant la causette avec Clarisse, la sœur aînée de son camarade, qui avait de très beaux yeux noirs et de longues jambes brunes émergeant d'une courte jupe jaune. Le jeune Antillais parut au salon après un moment, l'œil hagard et la démarche titubante d'avoir trop mangé.

« Je suppose qu'on est pressés et qu'il n'est pas question de faire la sieste, rognogna-t-il d'une voix pâteuse.

— Non, en effet ! Tu crois peut-être que je suis venu te border et te chanter une berceuse ?

— Je n'aurai pas besoin de berceuse pour m'endormir, fais-moi confiance ! En revanche, j'aimerais assez qu'on m'évente avec des palmes, si c'était possible… Je plaisante, bien sûr. Bon, ma casquette et mes clefs d'antivol… En route… »

Après trois quarts d'heure d'effort, les deux jeunes gens eurent la joie d'apercevoir enfin le panneau indiquant l'entrée du village d'Espagnet.

« Pouce ! s'exclama Bonaventure, qui avait sué sang et eau tout le long du parcours et manqué vingt fois jeter sa bicyclette aux orties. J'ai besoin de boire un coup. Je vais claquer, sans ça !… »

Il descendit de vélo et tituba jusqu'à une fontaine de pierre bleue qui glougloutait sous les tilleuls.

« Aaaahhh ! fit-il après être resté quelques instants plongé dans l'eau jusqu'à mi-cou. Ça fait vraiment du bien de piquer une tête ! Tu devrais m'imiter, Théo…

— Je n'ai pas fait tout ce chemin pour me tremper la tête dans l'eau ! Magne-toi de remonter en selle, on a encore de la route... »

Le jeune Antillais but quelques gorgées d'eau fraîche, puis tordit ses nattes et les attacha sur le sommet de son crâne avant de rejoindre son vélo posé sous un arbre.

« Tu as l'air d'un œuf de Pâques, coiffé comme ça, fit observer Théophile qui avait l'art du compliment.

— Au diable l'esthétique ! Si je laisse mes nattes humides pendre dans mon cou, je vais attraper une fluxion de poitrine. Passe devant, je te suis... »

Le domaine de monsieur Arkandias était voisin du village, et les deux complices se trouvèrent bientôt devant de hautes grilles noires encadrées par deux pilastres qui supportaient chacun un magnifique phénix de marbre rose.

« Bon, fit Théophile en descendant de bicyclette. La première chose à faire est de cacher nos vélos dans un taillis. Après quoi on sonnera à la grille, histoire de voir si quelqu'un rapplique... »

Ils firent comme le blondinet l'avait suggéré et constatèrent avec soulagement que ni homme ni bête ne se montrait.

« Qu'est-ce que je t'avais dit ? plastronna Théophile en revenant vers les grilles. Arkandias est bel et bien parti en vacances avec ses chiens et son majordome ! On va avoir le champ libre pour récupérer les compléments de la recette...

— Minute, papillon. C'est peut-être un piège. Si ça se trouve, les dogues nous guettent au coin du bois...

— Tu sombres dans la paranoïa, mon vieux. Si les dogues étaient dans le parc, les coups de sonnette les auraient rendus hystériques. Allons, suis-moi. On va escalader le mur... »

Ils enjambèrent le mur du domaine et s'enfoncèrent dans le bois de saules en regardant de tous côtés et en multipliant les précautions. Parvenu à une lisière qui donnait sur l'esplanade gravillonnée où monsieur Arkandias avait coutume de faire garer sa Rolls, ils marquèrent une pause et redoublèrent de vigilance.

« Tout paraît calme, commenta Théophile en balayant du regard les abords du château. La Rolls n'est pas là, et les volets sont tirés. Ça sent les vacances à plein nez...

— Je crois que tu as raison, admit le jeune

Antillais qui commençait à respirer plus librement. Il y a dans l'air comme un parfum de monoï et de brise de mer. Arkandias est parti se dorer la pilule. On va lui piquer toutes ses recettes, ça lui apprendra ! »

Les deux jeunes gens s'avancèrent à découvert jusqu'au perron de pierre, et Théophile fit une petite grimace en disant :

« Le problème, c'est que toutes les portes sont fermées. Il va falloir trouver un moyen de pénétrer dans le château…

— Il est tout trouvé, le moyen ! Regarde… »

Bonaventure désignait une porte-fenêtre demeurée entrouverte au balcon du premier, sous un grand médaillon de marbre orné de symboles hyperchimiques.

« Je te fais la courte échelle, et tu grimpes. Ensuite, tu descends m'ouvrir de l'intérieur, d'acc ? »

Théophile eut un sourire.

« Et pourquoi n'irais-tu pas, toi ? Je peux très bien te faire la courte échelle, après tout.

— Je suis plus lourd que toi, objecta le jeune Antillais. Et puis, ça ne me dit rien de traverser toutes ces grandes salles enténébrées. Je ne sais même pas où sont les interrupteurs…

— Je vois. Allons, mets-toi en place, et qu'on en finisse. Ce n'est pas le courage qui t'étouffe, décidément… »

Bonaventure haussa les épaules et s'adossa contre un encadrement de fenêtre en pierre blanche situé juste à l'aplomb des cariatides de marbre soutenant le balcon.

« Grimpe, fit-il en joignant les mains et en se campant solidement sur ses jambes. En t'accrochant au cou de la statue et en mettant tes deux pieds sur sa tête, tu devrais pouvoir enjamber la balustrade sans problèmes. Mais vérifie d'abord tes semelles : il me semble que tu as marché dans une crotte de chien… »

Le blondinet, qui était souple comme un singe, eut tôt fait de gagner le balcon. Après s'être accroupi sur ses talons pour plus de discrétion, il se dandina en canard jusqu'à la porte-fenêtre, qu'il entrouvrit lentement.

« Tout va bien, là-haut ? demanda Bonaventure après quelques instants. Tu es dans la place ? »

Comme aucune réponse ne lui parvenait, il recula vers l'esplanade afin de jeter un coup d'œil au balcon.

« Théo ? reprit-il, vaguement inquiet. Est-ce que tout va bien ? Je ne t'entends plus… »

Un grand silence fit écho à sa question. Rien ne bougeait à l'étage. Théophile avait-il été étranglé par un dogue posté en embuscade derrière les rideaux ? Les chiens d'Arkandias avaient du vice à revendre. Leur maître les avait peut-être dressés à occire leurs proies sans bruit, en les prenant au gosier et en les étouffant lentement entre leurs dents. On était donc en pleine tragédie, et dans quelques secondes, le monstre hirsute bondirait dans la cour, le mufle barbouillé de sang, pour s'offrir un repas exotique d'inspiration créole…

Ces réflexions peu optimistes furent interrompues par un bruit de verrou, et le jeune Antillais eut le soulagement extrême de voir apparaître son ami sur le perron. Il se précipita vers lui en tâchant de se reprendre, et demanda d'un air faussement détaché :

« Alors ? C'était comment, là-haut ?

— Calme et obscur. Je ne trouvais plus le commutateur de l'escalier. J'ai tâtonné dans le noir un bon moment. Et puis finalement, je suis descendu en me guidant sur la rampe. Bon, amène-toi, on va descendre à l'atelier…

— On devrait peut-être commencer par fouiller la bibliothèque, non ? C'est là qu'Arkandias garde ses compléments de recettes, d'habitude…

— La dernière fois que je suis venu, il avait descendu son addendum aux recettes de magie rouge au sous-sol pour travailler dessus. Mais peut-être que, depuis, il l'a remonté. Va pour la bibliothèque, si ça peut te faire plaisir… »

Après un ultime coup d'œil vers l'esplanade gravillonnée, ils disparurent dans le vestibule du château. La petite bibliothèque attenante au salon blanc et or était plongée dans l'obscurité et le silence, comme ces chambres enchantées des contes de fées. Quelques grains de poussière voletaient avec grâce dans un pan de lumière oblique tombant d'un œil-de-bœuf situé au ras du plafond.

« Ça sent une drôle d'odeur, commenta Bonaventure, qui avait un odorat des plus sensibles. Une odeur chimique... Le château est peut-être piégé avec un dispositif de gaz. Ouvre vite les fenêtres, je me sens tout bizarre…

— Ce que tu sens, c'est l'odeur de la poudre de cade qu'Arkandias brûle pour parfumer l'atmosphère. Va sentir la petite coupe verte posée sur le secrétaire, si tu ne me crois pas !

— Bouack ! s'exclama le jeune garçon après avoir flairé la coupe en question. On n'a pas idée d'empester l'air avec de pareilles saletés ! Il a vraiment des goûts bizarres, Agénor... »

Entre-temps, Théophile avait actionné l'interrupteur. Une clarté amicale tomba de l'énorme luminaire à pendeloques de cristal suspendu au plafond.

« Ah ! fit Bonaventure ragaillardi. Un peu de lumière, ça met tout de suite en confiance... »

Théophile hocha la tête et se dirigea vers une armoire vitrée contenant toutes sortes de gros volumes à couverture de cuir. Il eut tôt fait de repérer l'addendum aux recettes de magie rouge, coincé entre *Le livre des Balances* et *La table d'émeraude*, ouvrages rarissimes qui excitaient sa convoitise.

« Compliments pour ton flair, Bonav ! s'exclama-t-il en tirant le recueil à lui. On n'aura pas à descendre à l'atelier. Le bouquin est là...

— Tant mieux ! De toute manière, il n'aurait pas

été prudent de s'aventurer dans les profondeurs humides du château. Arkandias a probablement électrifié tout le sous-sol, pour se prémunir contre d'éventuelles intrusions...

— Ou même placé un champ de mines sous ce tapis que tu foules présentement. Je serais toi, j'éviterais les gestes brusques...

— Tu crois ? souffla le jeune Antillais en se figeant sur place et en baissant les yeux vers ses pieds. Il n'aurait pas fait ça, quand même !...

— Un type qui empuantit volontairement l'atmosphère de sa bibliothèque avec de la poudre de perlimpinpin est capable de tout. Assieds-toi doucement sur cette chaise qui se trouve à ta droite. Je vais te rejoindre, et on recopiera le plus vite possible les compléments à la recette du sarcophage d'outretemps. Après quoi on fichera le camp. »

Bonaventure s'exécuta, avec une économie de gestes que son camarade ne lui avait jamais vue. Puis les deux jeunes gens copièrent chacun une moitié d'addendum, tandis que la pendule de métal doré scandait les minutes sur la tablette de la cheminée.

Rectificatif à la recette de Magie Rouge dite du « Sarcophage d'outretemps »

Au lieu de « Un gros pot d'argile rouge », lire « Un gros pot de l'excrément du mammifère cornu appelé vache laitière ».

Au lieu de « Une pelote de fil suiffé », lire « Un rouleau de fil de fer ».

Au lieu de « disques de papier jaune d'un diamètre de quatre centimètres », lire « disques métalliques émaillés de jaune (diamètre inchangé) ».

Modalités pratiques d'exécution de la recette :

Une heure avant minuit, par une Lune en Gémeaux, couvrir les lampes et fractionner l'heure en cent centièmes.

Au premier centième de l'heure, disposer le sarcophage de bois blanc sur les billes de chêne.

Au vingt-huitième centième de l'heure, enduire le sarcophage avec l'excrément du mammifère cornu appelé vache laitière.

Au quarante-troisième centième de l'heure, disposer les disques métalliques émaillés de jaune sur toute la surface du sarcophage en les pressant allègrement sur l'excrément frais.

Au soixante-douzième centième de l'heure, relier entre eux les disques avec des morceaux de fil de fer (Cf. croquis n°1).

Au quatre-vingt-dix-septième centième de l'heure, incorporer par fusion les morceaux de fil de fer amont et aval dans la boule de cristal disposée à l'intérieur du sarcophage (Cf. croquis n°2).

Modalités spécifiques de déplacement vers le cosmos jumeau :

Prendre place dans le sarcophage et refermer soigneusement le couvercle.

Chausser une paire de lunettes passées au noir de bougie.

Orienter la flûte en direction de la boule de cristal, et répéter en boucle autant de fois que nécessaire la mesure hyperchimique choisie (Cf. partitions nos 14 et 15).

Interrompre la mélodie et attendre l'instant d'inversion homogène de toutes les subparticules composant le sarcophage et ses occupants.

NB : Le moment de transition avec le cosmos jumeau s'accompagne d'une détonation comparable à un tir de mine, et d'un dégagement lumineux clair comme mille soleils. Le port de lunettes fumées est vivement recommandé aux expérimentateurs.

« Par excrément du mammifère cornu appelé vache laitière, ils entendent quoi, au juste ? demanda Bonaventure qui craignait de comprendre.

— De la bouse, pardi ! Au moins, ça ne nous reviendra pas cher. On n'aura qu'à arpenter la campagne avec une pelle et un seau. Ce qui m'inquiète, en revanche, c'est cette histoire de disques métalliques émaillés de jaune. Je ne vois pas du tout où les trouver…

— Si tu t'occupes de collecter les bouses de vache, je veux bien me charger des disques jaunes. Mais c'est donnant-donnant…

— Tu as une idée ?

— Peut-être. Je dois juste vérifier le diamètre de l'objet auquel je pense. Après quoi, je te dirai ce qu'il en est…

— Marché conclu. Tope là, mon vieux, je me charge des bouses. Les mauvaises odeurs ne me font ni chaud ni froid…

— Moi, elles m'incommodent. Surtout depuis notre dernière mésaventure. D'avoir été changé en chien m'a laissé la truffe sensible[4]…

4. Bonaventure a failli être transformé en cocker dans *Arkandias contre-attaque*.

— Mieux vaut ça que de continuer à faire pipi partout ! Bon, trêve de bavardages : au boulot… »

Ils achevèrent leur travail de copie sans plus parler du tout. Comme Bonaventure arrondissait la note finale de l'air hyperchimique sur son cahier de portées, des tintements étranges lui firent lever les yeux vers le plafond.

Quelle ne fut pas sa stupeur en constatant que le gros lustre à pendeloques de cristal tremblait tout seul au bout de sa chaîne, comme font d'ordinaire les suspensions lors des tremblements de terre.

« Théo ! souffla-t-il en se tournant vers son camarade qui était allé remettre l'addendum en place dans l'armoire vitrée. Il se passe un truc bizarre : on dirait que le lustre a la tremblote…

— Tiens, oui ! constata le blondinet en levant les yeux vers le plafond. Ce doit être la porte-fenêtre du premier qui fait courant d'air. J'ai oublié de la fermer… »

À peine avait-il prononcé ces paroles que toutes les ampoules du gros luminaire s'éteignirent une à une avec un petit clic, plongeant la pièce dans une complète obscurité.

« Et ça ? reprit le jeune Antillais d'une voix blanche. C'était un courant d'air, peut-être ?

— Les plombs ont dû sauter. Dans les vieilles bicoques, ils sautent pour un oui ou pour un non… »

Cette réponse n'eut pas l'air de satisfaire le garçon, qui se leva de sa chaise en disant :

« Ben voyons ! Moi, en tout cas, je plie boutique ! Tout ça ne me dit rien qui vaille… »

Il esquissa le geste de refermer son cahier de musique et se figea tout à coup, hébété de surprise. Quelque chose venait d'entrer dans la pièce. Ce n'était pas une personne, ni un animal. Cela ressemblait plutôt à une image de cinéma projetée sur un écran de fumée ondoyante. La chose glissa lentement en direction de la bibliothèque vitrée où Théophile se tenait immobile, puis parut hésiter et revint vers le centre de la pièce à la rencontre de Bonaventure, qui recula lentement dans l'embrasure d'une fenêtre. Elle marqua une pause et se mit à briller plus vivement, mêlant des formes géométriques multicolores dans la fine buée qui la composait.

Les deux jeunes gens n'avaient jamais rien vu

de pareil. C'était un spectacle absolument fascinant.

« Au secours, Théo ! balbutia le jeune Antillais en se glissant derrière les rideaux. Ce machin en a après moi. Il médite un coup fourré… »

À vrai dire, l'apparition ne semblait pas animée d'intentions belliqueuses. Elle s'était immobilisée devant le jeune garçon, et brillait paisiblement dans la pénombre en modifiant sa forme et ses couleurs. Mais tout à coup, elle redoubla de luminosité et, par une sorte d'expansion miraculeuse, se changea en une nappe d'or qui éclaira toute la bibliothèque. Théophile détourna aussitôt les yeux du phénomène, car il venait de comprendre à quoi il avait affaire.

« Une forme-pensée ! s'exclama-t-il. C'est une forme-pensée ! Détourne ton regard d'elle, Bonav, vite ! Sinon tu es foutu… »

Le jeune Antillais serra les poings et tenta de détourner la tête du sortilège lumineux étalé devant lui. Mais peine perdue, il était déjà sous son empire. Fort heureusement, son camarade se porta vers lui et rompit le charme en lui appliquant tout simplement une main sur les yeux.

« La vache ! souffla le garçon en sursautant comme quelqu'un qu'on réveille brusquement. J'ai bien failli faire le grand saut. Je me croyais revenu à Basse-Terre, chez mes grands-parents. Là-bas, la mer est transparente, avec toutes sortes de reflets dorés. Si tu commences à la contempler, tu ne peux plus t'arrêter. Exactement comme avec ce truc...

— Ne regarde plus dans sa direction ! Attrape mon maillot et mets tes pas dans les miens. On s'en va... »

Hélas, ils ne purent aller bien loin, car la porte avait disparu. Toute la topographie de la pièce s'était modifiée comme par enchantement, et ils ne reconnaissaient plus rien. La forme-pensée leur tendait un ultime piège destiné à les égarer.

« Il y avait pourtant bien une porte, ici, tout à l'heure ! pesta le jeune Antillais en désignant une bande de lumière qui semblait se perdre dans les profondeurs de la nuit. Je n'ai pas rêvé !...

— C'est maintenant que tu rêves ! La forme-pensée essaye de nous perdre en modifiant l'apparence des choses. Ne te fie plus à ce que tu vois, mais simplement à tes souvenirs. Si la porte était là, elle y est toujours. La preuve... »

Le blondinet tendit le bras vers la lumière et manœuvra une poignée invisible en ajoutant :

« C'est ouvert. Suis-moi, nous n'avons rien à craindre... »

Rien à craindre, il fallait le dire vite ! Bonaventure empoigna le maillot de son camarade et s'avança avec inquiétude vers l'avalanche lumineuse qui masquait la porte. Il traversa ce poudroiement cristallin en fermant les yeux et fut tout surpris de se retrouver dans le salon blanc et or, où l'apparence des choses était telle qu'il l'avait toujours connue.

« Ah ! fit-il d'un air satisfait. C'est tout de même bien agréable de se retrouver en pays de connaissance ! J'étais sur le point de perdre la boule, comme au Palais des Glaces quand on ne retrouve plus la sortie...

— Les formes-pensées sont crées pour agir sur un petit périmètre. Celle-ci devait avoir pour mission de garder la bibliothèque d'Arkandias. Ici, elle ne peut rien contre nous...

— Mais peut-être qu'une autre est programmée pour nous débouler dans les pattes au milieu du salon ! Taillons-nous avant qu'il ne soit trop tard.

J'ai les nerfs optiques en compote. Et puis, on n'a plus rien à faire ici, de toute façon… »

Ils regagnèrent la porte d'entrée d'un pas rapide, en pressant sur leur cœur les compléments hyperchimiques recopiés dans l'addendum. Puis ils traversèrent le parc à petites foulées et escaladèrent le mur d'enceinte, avant de rejoindre le taillis où leurs vélos les attendaient.

Sur le chemin du retour, Bonaventure insista pour faire halte au Café du Platane, un petit bistrot de village situé à quelques kilomètres d'Espagnet. Il n'en pouvait plus de pédaler et se sentait « tout faible, tout lointain », ce qui était somme toute excusable après tant d'émotions.

Théophile obtempéra et rangea son vélo en bordure de trottoir. Il soutint son camarade jusqu'à la terrasse et l'installa à une table peinte en blanc sous un antique parasol décoloré par le soleil.

Le jeune Antillais se plaignit successivement de la faim, de la soif, de crampes dans les cuisses et d'une « perte de la vision des couleurs dans la moitié droite du champ visuel », symptôme nouveau à ajouter à la longue liste de ceux qu'il présentait chaque fois qu'il devait parcourir quelques kilomètres à vélo.

« Quand il s'agit de patiner quatre heures de suite à Sainte-Clothilde, monsieur Bonaventure n'est jamais fatigué. Mais faites-lui faire dix kilomètres à bicyclette, et c'est le naufrage. Il rame, il peste, il geint. Une vraie calamité !

— Pardon, objecta dignement le garçon, mais je te signale que mon compteur affichait douze kilomètres à l'entrée d'Espagnet. Ça fait tout de même une différence. D'autre part, quand on force par beau temps, on se déshydrate. Dans les cas extrêmes, la langue finit même par gonfler, et on étouffe sur le bord de la route avec des spasmes affreux !

— Si tu étais tombé en syncope sur le bord de la route, je t'aurais versé quelques gorgées d'eau dans le gosier. J'ai ma gourde…

— Tu n'aurais pas pu, à cause de la dilatation de la langue. Au stade terminal de la déshydratation, elle devient semblable à un énorme morceau de fraise de veau et bouche tout le passage…

— Alors, je t'aurais fait une trachéotomie avec mon opinel. Ça, au moins, c'est efficace…

— C'est quoi, une trachéotomie ?

— Une opération chirurgicale qui consiste à inciser la trachée-artère…

— Tu veux dire un trou dans le cou, c'est bien ça ?

— Oui. Ça permet aux types qui ont la langue comme une fraise de veau de respirer par un autre orifice... »

Bonaventure écarquilla les yeux et porta machinalement ses doigts à son cou. Il l'avait échappé belle.

« C'est quand même plus simple de s'arrêter à une terrasse de bistrot pour boire un coup ! » conclut-il avec une belle logique.

Les deux jeunes gens commandèrent deux limonades bien fraîches, qu'ils burent à petites gorgées en regardant le mouvement de la rue.

« Bon, dit enfin Théophile qui était incapable de rester assis longtemps sans rien faire. Profitons de cette pause pour mettre au point la suite du programme. Tu as dit que tu te chargeais des disques métalliques émaillés de jaune. Est-ce que tu peux aussi t'occuper de la boule de cristal ? J'aurai beaucoup à faire avec tout le reste, notamment le sarcophage de bois blanc...

— Pas de problème. J'ai vu des boules de cristal dans la vitrine du magasin ésotérique de la rue Tourette. Mais j'ignore ce que ça coûte. J'imagine que ça n'est pas donné...

— Renseigne-toi, on fera moitié-moitié.

— Entendu. Tu comptes faire comment, pour te procurer le sarcophage ? C'est quand même un objet rare…

— J'ai réfléchi au problème en pédalant. Un sarcophage, c'est un cercueil, c'est-à-dire une caisse en bois ! Or une caisse, ça se fabrique. Quatre planches, une poignée de clous, un bon marteau et le tour est joué !

— La recette parle de bois blanc sans nœuds. C'est bizarre, comme précision. Je n'ai encore jamais vu de planches auxquelles on ait fait des nœuds…

— Les nœuds du bois, ce sont les marques laissées par les départs de branche, expliqua doctement Théophile. Ça fait comme de petites taches rondes imbriquées les unes dans les autres. Tu en as sûrement déjà vu…

— Si c'est ça, oui, en effet. On a même à la maison un vieux buffet couvert de nœuds. Mais un autre truc m'intrigue, c'est cette histoire de billes de chêne. Où comptes-tu trouver des billes faites en bois ?

— Bille a ici le sens de bûche. Une bille de bois,

c'est un morceau d'arbre coupé. Un tronçon, quoi. Tu as d'autres questions de ce genre ?

— Pas dans l'immédiat. Mais je n'ai pas encore récupéré toutes mes facultés mentales. Ça pourrait bien fuser tout à l'heure, après ma limonade.

— Prends tout ton temps pour la boire. J'ai encore quelques détails d'ordre pratique à régler. »

Une courte période de silence s'installa après cette dernière réplique. Puis Bonaventure rota discrètement derrière ses nattes et reprit avec perfidie :

« Tu as pensé au problème de la fusion ?

— Quelle fusion ? s'étonna Théophile. De quoi parles-tu ?

— Relis tes notes. Au quatre-vingt-dix-huitième centième de l'heure, incorporer par fusion les morceaux de fil de fer amont et aval dans la boule de cristal disposée à l'intérieur du sarcophage. Le cristal, c'est du verre. Or, le verre fond à mille quatre cents degrés. Ce n'est pas avec un briquet jetable que tu obtiendras pareille température… »

Cette observation très technique était pour le jeune Antillais une façon de prendre sa revanche sur les nœuds et les billes de bois qui avaient permis à son camarade de briller un instant plus tôt.

« Tu ferais quoi, toi ? demanda ce dernier après avoir séché quelques instants sur le sujet. Tu te servirais du fer à souder ?

— Mon fer à souder chauffe à huit cents degrés ! C'est nettement insuffisant. Je tâcherais plutôt de me procurer un chalumeau de verrier. Ça, au moins, ça dégage ! Avec un outil de ce genre, le cristal fond comme du beurre…

— Et ça se trouve où, les chalumeaux de verrier ?

— Ça s'achète. Mais ça coûte un fric fou. Ça peut aussi se voler, mais c'est malhonnête. Enfin, ça peut s'emprunter, et ça, c'est permis… »

Le blondinet eut un sourire.

« Tu as ton idée, pas vrai ?

— Oui, naturellement ! répondit son camarade en secouant ses tresses. Parfois, je me demande ce que tu ferais si je n'étais pas là. »

4
Préparatifs express

THÉOPHILE passa le reste de la journée à étudier la recette, consultant divers ouvrages et notant quelques idées au fur et à mesure sur son cahier de brouillon. L'ambiance de la petite chambre mansardée était sinistre, avec cette cage vide posée sur l'appui de la fenêtre et ces marques en croissants de lune laissées sur le bureau par le bocal de feu Pacôme. Mais le jeune garçon n'était pas du genre à se laisser sombrer dans le chagrin. Après avoir dressé une liste de toutes les difficultés liées à l'exécution de la recette, il se leva et fit quelque pas sur le tapis afin de se dégourdir les jambes. Son regard s'arrêta sur le coin aux photographies, et il contempla les clichés que Marie avait pris au temps où Emilio vivait encore à la maison. Une des vignettes montrait Théophile assis sur les genoux de son papa et tenant par la queue un souriceau éberlué qui n'était autre que la fringante petite Samantha.

« Pauvre mignonne, murmura-t-il en tendant le doigt vers l'étagère pour caresser l'image de la défunte. Qui aurait pu deviner que par ma faute, tu finirais entre les griffes d'un gros chat ? »

Il aurait sans doute poursuivi sur ce ton et battu longuement sa coulpe si Marie ne l'avait pas appelé depuis la cuisine pour le prier de passer à table. Le menu concocté par la jeune maman mit immédiatement l'eau à la bouche du gourmand : salade frisée à l'huile de noix, poulet rôti et riz admirablement safrané. Tout ce dont il raffolait, en somme. Il expédia ces nourritures en quatre coups de fourchette, sous l'œil complice de Marie qui n'aimait rien tant que de le voir prendre des forces et dîner de bon appétit.

Après s'être acquitté de sa part de travail domestique, qui consistait à débarrasser la table et à passer un coup d'éponge sur la toile cirée, le jeune garçon embrassa sa mère et monta se laver les dents. Il se mit en pyjama et se coucha en travers de son lit avec la copie de la recette et les notes prises dans l'addendum. Les yeux lui piquaient à présent, et une bienheureuse torpeur commençait à l'envahir.

« Il ne faut pas que je m'endorme, murmura-t-il en étouffant un bâillement. J'ai encore du boulot. Je vais juste fermer les yeux une minute, histoire de me décontracter… »

L'instant d'après, il dormait d'un profond sommeil, la joue sur la couverture de son cahier de brouillon.

Quand Marie entra dans la chambre pour l'embrasser, elle le trouva gisant parmi ses feuillets dispersés.

« Il faut… faire… attention... » bredouilla le dormeur tandis que sa mère le bordait tant bien que mal.

— Attention à quoi ? demanda-t-elle, mi-amusée, mi-curieuse.

— Attention… au cosmos… jumeau. Il faut… mettre… des lunettes… fumées…

— C'est entendu. Nous mettrons des lunettes. Dors, maintenant… »

Elle alla déposer le cahier et les feuilles sur le bureau, puis quitta la chambre en pestant intérieurement contre la détestable influence des dessins animés japonais.

Le lendemain matin, le jeune garçon s'éveilla fort mécontent de lui. Il se leva d'un bond et courut vers son bureau où il trouva ses copies manuscrites posées en désordre parmi d'autres papiers.

« Je me suis endormi sur mes notes comme un imbécile ! constata-t-il, navré. Un de ces quatre, je me ferai pincer… »

Il descendit dans la cuisine et trouva un mot sur la table, posé en équilibre contre le bol du petit déjeuner. C'était quelques lignes tracées à la va-vite par Marie avant de partir au travail.

Mon poussin,

Tu as un reste de riz et de poulet au frigo, dans une boîte bleue en plastique sur le rayon du bas. Transvase tout dans une assiette et fais réchauffer au micro-ondes trois minutes, position deux. Pense bien à t'écarter du four pendant qu'il fonctionne. En théorie, ça ne risque rien. Mais avec les micro-ondes, on ne sait jamais. Je ferai tout mon possible pour rentrer tôt.

Bisous, Maman

PS : As-tu pensé à mettre tes lunettes fumées avant d'entrer dans le cosmos jumeau ?

Le post-scriptum lui fit écarquiller les yeux : Marie avait donc lu la recette du sarcophage. Voilà ce qu'il en coûtait de s'endormir sur des notes ultra-secrètes ! Heureusement, la jeune maman avait pris la chose avec humour. Il n'empêche ! Avec une mère un peu plus soupçonneuse, la catastrophe eût pu être complète. Ne jamais travailler allongé après un repas copieux. Ou alors, dès les premiers signes de fatigue, faire l'effort de se lever et de mettre les papiers en lieu sûr. L'hyperchimie était affaire de professionnels aux nerfs d'acier, pas de marmottes hypersomniaques ! Le jeune garçon tordit légèrement ses lèvres charnues. Puis, pour se requinquer, il se versa une copieuse rasade de lait froid en parcourant du regard les notes prises la veille dans le cahier de brouillon. Tout à coup, il eut un sursaut et lut à haute voix :

« Problème de la Lune en Gémeaux. Voir dates et aspect des prochaines configurations lunaires... »

C'était là un point essentiel, puisque la position de la Lune dans le zodiaque déterminerait le moment de passer à l'action. Il se leva et traversa la cuisine pour venir consulter le calendrier des Postes suspendu au mur près de l'évier. Hélas, ce magnifique objet d'art, agrémenté d'une photographie représentant quatre chatons blancs dans un panier bleu, ne tenait aucun compte du zodiaque dans les phases lunaires ! Le jeune garçon revint vers la table en ruminant sa bouchée de céréales chocolatées et sa déception. Puis tout à coup, il s'exclama :

« J'y chuis ! L'Almanach du vieux Dauphinois... »

L'Almanach en question ne payait pas de mine, avec son papier recyclé et ses illustrations vieillottes. Mais c'était une mine de renseignements. Marie y puisait souvent lorsqu'elle jardinait, et Théophile lui-même prenait plaisir à le parcourir en période de disette, lorsqu'il se trouvait à court de lectures plus palpitantes. Il trouva l'ouvrage à sa place sur la table basse du salon et le feuilleta d'un index nerveux. Miracle, ce merveilleux calendrier comportait toutes les indications astronomiques nécessaires ! La prochaine Lune en Gémeaux était prévue pour le jeudi vingt et un août, ce qui laissait trois jours de battement. C'était évidemment un peu court, mais néanmoins suffisant.

« Bon, fit le garçon, agréablement stimulé par cette accélération de l'action. Pour commencer, je dois mettre Bonaventure au courant... »

Il composa le numéro de son camarade sur le clavier du téléphone, et une voix enrouée fit « allô » à l'autre bout de la ligne. C'était madame Douloumeo, la maman du jeune Antillais. Elle semblait tout ensommeillée.

« Bonjour madame, c'est Théophile. J'espère que je ne vous réveille pas...

— Bien sûr que non, petit ! répondit la dame sur un ton amusé. Figure-toi que je ne me suis pas couchée. Il y avait une grande fête zouk, hier soir à la maison. Nous avons dansé et chanté toute la nuit.

Sauf Bonaventure, qui était épuisé d'avoir roulé à bicyclette et qui est allé se coucher tout de suite après manger avec deux boules de coton dans les oreilles. Je ne sais pas de qui tient ce garçon, mais pas de moi en tout cas, ni de son père. Il manque d'entrain pour faire la fête à un point inimaginable…

— On est parti en promenade du côté de Combovin, hier après-midi, expliqua Théophile qui excellait dans l'art du mensonge. Une quinzaine de kilomètres en tout. Mais c'est vrai que le soleil tapait dur. Peut-être qu'il a eu une petite insolation…

— Penses-tu ! C'était une crise de flemme. En réalité, il déteste pédaler…

— Je m'en étais aperçu. Ça m'embête de vous demander ça, mais pourriez-vous aller le réveiller ? On a un truc urgent à régler aujourd'hui, en vue des révisions pour la rentrée. Il vous en a peut-être parlé ?

— Il me parle très peu de la rentrée. C'est une perspective effrayante pour lui, car elle sonne le glas des grasses matinées. Ne quitte pas, je lui porte le téléphone… »

Suspendu au combiné, Théophile entendit madame Douloméo traverser l'appartement et s'adresser successivement à son mari pour lui signaler qu'un certain Saturnin Carambole avait vomi dans les plantes vertes, à Clarisse, la sœur de Bonaventure, pour la prier de venir l'aider à mettre un peu d'ordre dans le salon, et enfin à son fils lui-même, qui ronflait comme un basson et eut toutes les peines du monde à émerger.

« Allo ? fit la marmotte après un temps d'adaptation de plus d'une minute. Qui est à l'appareil ?

— Théo ! Secoue-toi, mon vieux ! Le devoir nous appelle. On va devoir boucler la recette plus tôt que prévu !

— Parle plus doucement, j'ai eu une nuit difficile. Mes parents ont fait une bamboula du tonnerre de Dieu. Je m'étais enfoncé des boules de coton dans les oreilles, mais ça n'a pas suffi à étouffer tous les bruits. Ça chantait, ça rigolait, ça gueulait tant et plus…

— On ne dit pas « gueuler », on dit « crier » ! rectifia madame Douloméo depuis le couloir. Je te prie de parler correctement, tu n'es pas dans la cour de récréation…

— Pfff, reprit Bonaventure à mi-voix dans le combiné. Tu l'as entendue ? Elle ne me passe rien : un vrai dragon ! Mais venons-en au fait : tu m'appelais pour quoi, au juste ? Pas pour me réveiller, quand même !

— Si, justement ! Il faut que tu t'habilles tout de suite et que tu te mettes en quête des ingrédients que tu dois réunir. La prochaine Lune en Gémeaux est pour dans trois jours. Si on loupe le coche, ça nous reporte à la rentrée. Autant dire que tout est foutu…

— Trois jours ? Mais c'est de la folie ! Comment veux-tu que je réunisse tous les ingrédients en trois jours ?

— Et moi, alors ? Tu crois peut-être que ça va être facile de construire le sarcophage dans un laps de temps aussi bref ? »

Un interminable temps de silence s'installa sur la ligne, et Théophile jeta finalement un coup de sifflet dans le téléphone, car il craignait que son camarade ne se fût rendormi.

« Arrête ton boucan, par pitié ! s'exclama le jeune Antillais en éloignant le combiné de son oreille. Tu vas me briser les tympans…

— Tu faisais quoi, à ne rien dire ? Tu ne te rendormais pas, quand même ?

— Je réfléchissais, figure-toi ! Pour la boule de cristal et les disques métalliques émaillés de jaune, je vais avoir besoin d'argent…

— De combien ?

— Un gros paquet ! Mille francs, au moins.

— La vache ! Où veux-tu qu'on dégotte une somme pareille ?

— C'est toute la question. Je suis à sec. Ma tirelire est vide, et il doit me rester en tout et pour tout une trentaine de balles sur mon compte…

— Bon, j'ai compris, je vais aller retirer tout l'argent que j'ai sur mon livret de la Caisse d'épargne. Après tout, Coin-Coin, Samantha et Pacôme méritent ce petit sacrifice…

— Tu es un noble cœur. Mais tu oublies un point essentiel : les mineurs ne peuvent retirer leur argent sans le consentement de leurs parents !

— Merde alors ! Comment faire ?

— Il y aurait une solution, c'est que je verse le montant de ton livret sur mon compte personnel, via Internet.

— Et comment feras-tu, pour le retrait ?

— L'enfance de l'art : j'ai une carte bancaire !

— Astucieux ! Je marche… Tu as besoin de quoi, pour opérer le transfert ? De mon numéro de livret ?

— Oui, file vite le chercher. Pendant ce temps, je prends de quoi noter.

— C'est marrant, je te sens motivé, pour une fois. Pourtant, la recette est risquée. On peut se retrouver bloqué dans le cosmos jumeau… »

Le jeune Antillais marqua un temps de silence, puis baissa la voix et confessa dans un souffle :

« Cette nuit, j'ai rêvé de Coin-Coin. Le cosmos jumeau n'est pas grand-chose pour un type qui se fait courser chaque nuit par un hamster géant. Au point où j'en suis, ce serait même un soulagement si je m'y volatilisais pour de bon. »

Après avoir raccroché, Théophile se précipita dans la salle de bains. Il prit une douche rapide, se sécha en quatrième vitesse et descendit chercher un tee-shirt et un pantalon propres à la buanderie. Un quart d'heure plus tard, il pédalait en direction du bois de Montespan sur son vélo chromé. Son idée était de construire le sarcophage en pleine nature, pour plus de discrétion. La recette précisait en effet que le moment de transition avec le cosmos jumeau s'accompagnerait d'une détonation comparable à un tir de mine et d'un dégagement lumineux clair comme mille soleils. Il ne se voyait pas du tout essayant la chose dans sa chambre, avec Marie au rez-de-chaussée qui ferait une attaque au moment de l'explosion. Et puis, autre avantage, le petit village de Montespan possédait une scierie où, moyennant une somme modique, il pourrait se fournir en billes de chêne et en planches de bois blanc sans nœuds. Quant au fil de fer, il n'aurait qu'à se rendre à la coopérative agricole pour en trouver tant qu'il voudrait. Bref, on pouvait difficilement rêver site plus idéal. D'autant que les pâturages communaux abondaient en vaches, et donc en bouses. On lui servait les ingrédients de la recette presque sur un plateau !

Il passa une partie de la matinée à chercher un coin idoine dans les bois. Il avait tout d'abord pensé à cette vieille bergerie perchée à flanc de coteau où il avait si souvent fait halte avec son père, au temps où ce dernier les emmenait en balade le dimanche, Marie et lui. Mais l'endroit était connu des randonneurs et manquait par conséquent de discrétion. Ce qu'il fallait, c'était un coin isolé des regards, mais pas trop reculé non plus, à cause du matériel qu'il faudrait acheminer depuis la route.

Après une longue errance, il tomba par hasard sur une clairière qui lui parut convenir à merveille : un simple cercle d'herbe rase et jaune, protégé par une barrière inextricable de ronciers et d'orties géantes. « Adopté ! » fit-il en essuyant avec le bas de son tee-shirt la sueur qui lui coulait du front. « Maintenant, cap sur la scierie. J'ai du retard sur mon programme, je vais devoir mettre la gomme… »

Au même moment, à une dizaine de kilomètres de là, Bonaventure sortait tout guilleret de l'agence du crédit urbain. Il avait opéré le virement bancaire sur son compte et retiré une somme coquette qui gonflait la poche droite de ses pantalons. Après un petit crochet par la boulangerie Corne d'or, il mit le cap vers le magasin ésotérique de la rue Tourette en mâchant avec gourmandise un délicieux croissant tiède fourré de frangipane et saupoudré de brisures d'amandes.

La journée menaçait d'être trépidante, il fallait donc prendre des forces.

Une fois dans la boutique, un cabinet tendu de velours noir qui empestait le musc, le jeune Antillais hésita longuement entre plusieurs modèle de boules de cristal. La *Baccarat* fournissait des images en couleur de haute résolution mais ne possédait pas de système antiparasites, contrairement à la *Cordoue*, qui était dotée en outre d'un « *prisme diamant à double balayage en faisceau* ». Au bout du compte, il opta pour le modèle *Manosque* en noir et blanc, un standard bon marché qui écorna à peine son petit pécule.

« Vous comprenez, expliqua-t-il à la vendeuse qui emballait devant lui la sphère transparente, ça n'est pas pour lire l'avenir, c'est pour fondre au chalumeau… »

La dame acquiesça avec un parfait naturel, car elle avait l'habitude des perturbés mentaux. Ils formaient l'essentiel de sa clientèle, et elle savait par expérience qu'il était inutile d'essayer de les raisonner.

Lesté de son achat, Bonaventure remonta à pas lents le boulevard Ledru-Rollin. Il s'arrêta à l'angle de la rue des Tanneurs et sortit un pied à coulisse de sa musette en déclarant avec solennité : « Maintenant, à nous deux, cachous Chabichou ! » Puis, sans autre préambule, il poussa la porte du bureau de tabac *Mosteiro da Batalha* où il avait ses habitudes.

Monsieur Dos Santos, le patron, était en grande conversation avec une dame brune vêtue de noir qui parlait à toute vitesse en portugais et levait parfois les yeux au ciel d'un air implorant. Le jeune Antillais feuilleta des revues en attendant la fin de la discussion. Puis il s'écarta pour laisser sortir la grosse dame, et s'avança enfin vers le comptoir en écartant ses nattes et en disant :

« Bonjour, monsieur Dos Santos. Comment allez-vous ce matin ?

— Fort bien, petit. Je te demande pardon de t'avoir fait attendre, mais madame Tavares est toujours très bavarde. De plus, aujourd'hui, elle n'avait pas le moral, ce qui décuplait son besoin de parler...

— Elle est en deuil, c'est ça ? J'ai remarqué qu'elle était habillée toute en noir et qu'elle faisait sans cesse des signes de croix…

— Mais pas du tout, elle vient de perdre son trousseau de clefs ! Elle s'habille toujours en noir parce que ça la mincit… »

Bonaventure ne put s'empêcher de penser que ce subterfuge manquait d'efficacité : il avait dû se plaquer littéralement contre le présentoir à journaux pour dégager le passage et permettre à la grosse dame de quitter la boutique.

« Que fais-tu avec ce pied à coulisse ? continua monsieur Dos Santos intrigué. Tu es venu mesurer mes bonbons ?

— Vous ne croyez pas si bien dire ! Je dois vérifier le diamètre des boîtes de cachous Chabichou. C'est pour un projet d'atelier, avec l'école… »

Le buraliste prit une boîte métallique émaillée de jaune sur un présentoir derrière lui et la tendit au jeune garçon, qui la mesura aussitôt avec son instrument.

« Vous comptez faire quoi, avec ces boîtes ? Des collages ? Des sculptures ?

— C'est un secret. Notre professeur de travaux manuels nous a interdit d'en parler. Le premier qui vend la mèche sera débité en morceaux avec la scie à ruban…

— Il est cruel, cet homme, observa monsieur Dos Santos en clignant de l'œil. Mais il paraît que d'être découpé en rondelles à la scie à ruban ne fait pas mal du tout. La scie à main, c'est autre chose. De mon temps, au Portugal, on entendait hurler les suppliciés dans les sous-sols du collège. Dieu merci, cette époque est révolue ! Alors, cette boîte te convient?

— Elle est parfaite ! Quatre centimètres de diamètre exactement ! Je vais vous en prendre quatre cent quarante. Ou plutôt non, tenez : quatre cent cinquante. On n'est jamais trop prudent… »

Monsieur Dos Santos hocha la tête et lissa machinalement ses moustaches. Puis il frotta l'une contre l'autre ses grosses mains brunes couvertes de poils, en disant :

« Je te demande pardon, mais j'ai mal compris. Combien de boîtes as-tu dit que tu voulais ?

— Quatre cent cinquante. Ne vous inquiétez pas, j'ai de quoi payer… »

Et pour étayer ses dires, il agita sous le nez du buraliste une liasse de billets craquants. À l'énoncé du chiffre, et à la vue du magot, monsieur Dos Santos lissa de nouveau sa moustache, mais beaucoup plus suavement.

« Je ne suis pas certain d'avoir une pareille quantité en stock. Les cachous Chabichou sont en perte de vitesse auprès des enfants. Je vends surtout des microcristaux tutti-frutti, et des dents de dragon effervescentes… »

Il se détourna pour consulter l'écran de son ordinateur et reprit, l'air désolé :

« C'est bien ce que je craignais. Je dispose de deux cent vingt-quatre boîtes en tout et pour tout…

— C'est mieux que rien. Mettez-les dans un sac et dites-moi combien je vous dois…

— Quatre cent quarante-huit francs. Mais j'arrondis à quatre cent quarante, oublie les huit francs. Et pour le complément, adresse-toi à la concurrence. Le tabac de la rue Fontaine-Saint-Martin fait les cachous Chabichou, de même que la petite épicerie de l'impasse d'Athènes… »

Le jeune garçon compta quatre cent quarante francs en liquide et déposa cette somme sur le comptoir, cependant que monsieur Dos Santos disparaissait dans son arrière-boutique à la recherche d'un gros carton portant le sigle brun et or des établissements Chabichou.

Les deux jeunes gens s'activèrent chacun de leur côté jusqu'à la tombée de la nuit. Théophile eut toutes les peines du monde à acheminer ses planches de bois blanc jusqu'à la clairière avec son vélo. Il les sangla successivement le long du cadre, sur la selle et en travers du guidon, s'ingéniant à trouver des positions qui laissent libre cours au jeu des pédales. Le marchand de bois le regardait faire avec curiosité en mâchouillant un mégot jaune d'où tombaient par instants d'écœurantes gouttes noires. Après plusieurs tentatives de démarrage infructueuses, dont une s'acheva en cuplette dans un tas de copeaux, le jeune garçon dut se résoudre à bloquer son pédalier et à marcher à côté de sa bicyclette lourdement chargée, comme un ânier à côté de son âne. Les quatre kilomètres séparant la scierie de la clairière lui parurent interminables. Mais il poussa son chargement avec toute la détermination dont il était capable, se récitant mentalement les fables de La Fontaine pour passer le temps. Cependant, Bonaventure écumait les bureaux de tabac et les épiceries du quartier Châteauvert, à la recherche des boîtes manquantes. À cinq heures, douze boîtes faisaient encore défaut, et il commençait à désespérer. Par bonheur, monsieur Wou Han, l'épicier chinois de l'impasse de Grenette, fut en mesure de lui fournir l'indispensable complément. Le jeune Antillais se confondit en remerciements et, comme il mourait littéralement de faim, ayant sauté le repas de midi, il fit l'emplette de plusieurs boules d'or à la frangipane, friandises délectables à la consistance de chewing-gum. Monsieur Wou Han le reconduisit sur le trottoir avec cet air cérémonieux dont il ne se départissait jamais. Mais sitôt que le garçon eut tourné le coin de la rue, il rentra précipitamment dans sa boutique pour décrocher le téléphone[5].

« Monsieur Arkandias ? Ti-Laï Wou Han à l'appareil. Je vous appelle pour vous signaler qu'un des deux jeunes garçons qui vous ont causé tant d'ennuis voici quelques semaines sort de ma boutique à l'instant. Il a acheté douze boîtes de cachous…

5. Monsieur Wou Han est le complice d'Arkandias. Il lui procure toutes sortes d'ingrédients exotiques pour ses recettes. (Voir *Le Grimoire d'Arkandias*).

— …

— Mais je l'ignore, monsieur. Il ne m'a pas fait de confidences…

— …

— Des cachous, en effet. De marque Chabichou… Ce sont des boîtes métalliques émaillées de jaune… Allô, monsieur Arkandias ? Vous m'entendez ? »

L'hyperchimiste venait de raccrocher en catastrophe. Douze boîtes métalliques émaillées de jaunes, c'était limpide : les deux jeunes chenapans s'apprêtaient tout bonnement à construire un sarcophage d'outretemps !

« Préparez nos bagages et chargez-les dans la Rolls, Hortulain ! s'exclama-t-il en quittant son fauteuil d'osier et en traversant d'un pas rapide la terrasse de sa magnifique propriété dominant les pinèdes du cap d'Antibes. Les vacances sont terminées, nous rentrons à Espagnet… »

Bonaventure venait à peine d'arriver chez lui et il était en train d'ôter ses baskets, assis sur son lit, lorsque sa sœur Clarisse entra dans la chambre, le téléphone à la main.

« Théo ! » dit-elle sobrement en lui tendant le combiné.

Puis, sans autre commentaire, elle disparut dans le couloir.

« Théo ? fit le jeune Antillais après avoir écarté le paquet de nattes qui couvrait son oreille droite et ajusté l'appareil contre son pavillon. Je suis bien content que tu m'appelles. Figure-toi que j'ai couru toute la journée. Une galère, mon vieux, tu n'as pas idée…

— Oh que si ! J'ai eu ma part d'ennuis, moi aussi. Quatre kilomètres à pousser un vélo chargé de planches sous un soleil de plomb, ça ne te dit rien ?

— Bah ! Je connais ton endurance. Quatre kilomètres à vélo, ce n'est rien du tout pour un type comme toi…

— À condition de pédaler ! Mais je te répète que là, j'ai dû marcher à côté de mon vélo en le poussant. Tous les cinquante mètres, une planche se faisait la malle. Je te prie de croire que j'ai été content d'arriver…

— Tu as trouvé le coin idéal ?

— Oui, une petite clairière en pleins bois, avec

des ronces et des orties. J'y ai laissé tout le matériel. Et toi, les disques métalliques émaillés de jaune, ça a été ?

— À merveille. Je rapporte une pleine musette de boîtes de cachous Chabichou...

— Des boîtes de cachous ? Mais pour quoi faire ?

— Ce sont des boîtes métalliques rondes émaillées de jaune. Elles font quatre centimètres de diamètre, j'ai vérifié… »

Théophile garda le silence quelques instant, puis s'exclama tout à coup :

« Bravo ! Pour un coup d'essai, c'est un coup de maître !

— Oh, fit Bonaventure modeste, je n'ai pas grand mérite. Quand il s'agit de bonbons, les idées me viennent tout naturellement.

— Tu as dû en avoir pour cher. Quatre cent quarante boîtes, c'est la ruine…

— Monsieur Dos Santos m'a fait un prix. Mais il ne disposait pas d'une quantité suffisante. J'ai dû compléter en écumant les épiceries et les bureaux de tabac. Ça m'a pris la journée. J'ai les pieds en compotes, et mes chaussettes sentent le mouflon. Je vais devoir les jeter à la poubelle. Jamais ma mère n'acceptera de contaminer sa machine à laver avec un truc pareil…

— Tu as marché autant que ça ?

— Jusqu'à l'impasse de Grenette, où j'ai pu me procurer in extremis les douze boîtes manquantes.

— Impasse de Grenette ? Pas chez Wou Han, quand même !

— Si, pourquoi ? Je n'aurais pas dû ?

— Andouille ! Wou Han est le complice d'Arkandias. As-tu oublié le coup des œufs punais[6] ? »

À cet instant seulement, le jeune Antillais réalisa son erreur. Il marqua un temps et secoua ses nattes, l'air consterné.

« Cette histoire d'œufs m'était complètement sortie de la tête. Mais j'ai des excuses : j'étais à bout de forces, j'avais sauté le repas de midi…

— Si Arkandias fait le rapprochement entre les boîtes métalliques émaillées de jaune et la recette du sarcophage, on va de nouveau l'avoir sur le dos. Comme si tout n'était déjà pas assez compliqué sans ça…

6. Voir *Le Grimoire d'Arkandias*.

— Je croyais bien faire. J'ai agi sur un coup de tête. Mais Wou Han ne peut pas faire le rapprochement entre de simples boîtes de cachous et une recette hyperchimique. Il n'a aucune raison de prévenir Arkandias. Par conséquent, faisons comme si de rien n'était et poursuivons notre tâche sans nous laisser distraire. On doit encore se procurer un élément essentiel pour l'exécution de la recette, je te signale…

— Ah bon ? Lequel ?

— Le chalumeau de verrier, un gros morceau ! Mais là encore, j'ai mon idée. Et je compte t'étonner… »

Bonaventure habitait un vieil immeuble à toiture d'ardoise dont les balcons donnaient sur une courette fleurie. L'arrière de la boutique de maître Ugolino Zanardi, artisan verrier de renom, s'ouvrait à deux battants sur ce havre de verdure. Aux beaux jours, on voyait parfois l'artiste à l'œuvre dans la cour. Il n'avait pas son pareil pour étirer, souffler et tordre les pâtons de verre rougi devant un cercle d'admirateurs ébaubis. Tout du moins jusqu'à dix heures du matin, car ensuite il disparaissait au café voisin, dont il ne ressortait que vers trois heures de l'après-midi, l'air égaré et la démarche titubante, articulant des paroles inintelligibles en patois piémontais.

« La plupart du temps, expliqua le jeune Antillais, il est incapable de se remettre au travail après la tournée d'apéritifs de midi. Il range péniblement son matériel dans l'atelier et il rentre se coucher en laissant la clef sur la porte. Je la lui ai rapportée vingt fois…

— Et tu profiterais de la détresse de cet ivrogne pour abuser sa confiance et le cambrioler ? Belle mentalité !

— Qui te parle de cambriolage ? Il s'agit d'un emprunt, tout au plus. On n'aura même pas à fracturer la porte, puisqu'elle est ouverte. Et quand tout sera terminé, on restituera le matériel. Quand il s'agit de pénétrer par effraction chez Arkandias, tu ne fais pas tant de manières !

— Arkandias est notre ennemi. C'est tout différent…

— Zanardi n'est pas mon ami ! À jeun, passe encore. Mais quand il a un coup dans le nez, il se permet certaines familiarités avec ma sœur. Il lui tient des propos déplacés, si tu vois ce que je veux dire…

— Sans blague ? Non mais, quel toupet ! Ce vieux cochon !…

— Mon père est descendu le trouver à plusieurs reprises pour mettre les choses au point. L'autre s'est excusé, tu penses ! Mais rien à faire, il faut toujours qu'il recommence. C'est le vin rouge qui est cause de tout…

— On connaît ça. Tiens, prends Rosette, le concierge du Lycée. Il parait qu'à jeun, il est charmant.

— Parce qu'on l'a déjà vu à jeun ? C'est à peine croyable…

— Il cesse de boire une fois l'an, pour la visite médicale. Paturel l'aurait croisé ce jour-là, et il se serait montré fort aimable…

— Paturel est un mythomane. Il raconte n'importe quoi pour se rendre intéressant. Revenons plutôt à notre affaire. Si on prend soin de boucler la porte en emportant la clef à l'issue du coup, il se passera quelques jours avant que Zanardi ne constate la disparition de son chalumeau…

— Et d'ici là, on sera revenu de notre petite balade dans le cosmos jumeau. Astucieux ! D'abord les cachous, ensuite le coup de la clef... Il n'y a pas à dire, tu es en forme...

— Question de motivation. Sans chalumeau, l'affaire capote. Et si l'affaire capote, adieu Samantha, adieu Pacôme... Et rebonjour Coin-Coin ! »

La perspective d'un retour du hamster géant était si effrayante que Bonaventure se tut un instant.

« Si au bout du compte Coin-Coin doit faire sa réapparition, autant précipiter le mouvement, acheva Théophile. On peut faire le coup demain soir, si tu veux. De toute manière, on se rappelle d'ici là. »

Comme il avait beaucoup transpiré toute la journée à Montespan, le blondinet paressa longuement dans son bain, relisant sans le mouiller son exemplaire des *Contes du chat perché*. La fatigue commençait à se faire sentir, mais il se garda bien de fermer les yeux, ayant lu quelque part qu'on pouvait mourir noyé si on s'endormait dans l'eau.

Vers huit heures, la sonnette du rez-de-chaussée le fit tressaillir. Catherine Montmayeul et sa fille venaient d'arriver. C'était une catastrophe, car Nina ne manquerait pas de monter directement dans sa chambre pour bouquiner en attendant l'heure du repas. Or, la recette du sarcophage trônait en évidence sur le bureau ! Le jeune garçon empoigna une serviette et se sécha sommairement avant de s'élancer tout nu dans le couloir. Il entra en coup de vent dans sa chambre, cacha le précieux document sous une pile d'autres vieux papiers et rebroussa chemin vers la salle de bains. Hélas, entre-temps Nina avait atteint le haut de l'escalier. Elle parut franchement stupéfaite de se retrouver nez à nez avec un garçon tout nu et battit des cils plusieurs fois de suite, une lueur incrédule dans les yeux. Théophile hésita une fraction de seconde sur l'attitude à adopter, et s'avança finalement vers elle comme si de rien n'était pour l'embrasser sur les deux joues. Après quoi il regagna la salle de bains d'un pas nonchalant en ébouriffant sa chevelure gorgée de gouttelettes d'eau.

La soirée fut égayée par les facéties de Catherine, qui conta toutes sortes d'anecdotes relatives à ses années de lycée avec Marie. Théophile ne put s'empêcher d'éclater de rire à plusieurs reprises, et de recracher du même coup dans son assiette des bouchées de lasagnes à demi mastiquées. Comme de bien entendu, le vin de Chianti coula à flots. Les beaux yeux noirs de Marie pétillaient d'allégresse derrière un enchevêtrement de boucles châtain tandis qu'elle écoutait son amie dérouler la liste de leurs bêtises d'antan. Le jeune garçon parut charmé d'apprendre que sa mère avait un jour introduit une couleuvre vivante dans le sac à main de son professeur d'anglais, une vieille demoiselle revêche affligée de la phobie des reptiles, et qu'elle était même allée jusqu'à faire pipi dans les mocassins d'un professeur de gymnastique un peu trop entreprenant à son goût ! Il lui sembla que, d'une certaine manière, cette inconduite excusait ses propres mensonges, et il s'en trouva bizarrement réconforté. Bref, tout le monde s'amusa beaucoup, sauf Nina, qui ne prêtait aucune attention à la conversation. Le menton dans la main, elle bêchait en silence sa part de lasagnes, coulant parfois vers Théophile un inexplicable regard langoureux.

Le lendemain, après le départ de sa mère, le blondinet descendit au garage grouper quelques outils dans son vieux sac à dos. Un paquet de clous, un marteau, la petite scie égoïne, puis voyons… une truelle, pour ramasser les bouses de vache sans se salir les mains. Il ne lui manquait plus qu'un récipient hermétique où mettre sa récolte. Marie gardait toutes sortes de boîtes en plastique dans le placard de la cuisine. Il s'y rendit aussitôt et n'eut que l'embarras du choix. Un mètre ruban de couturière dérobé dans le panier à ouvrage maternel compléta in extremis l'hétéroclite panoplie. Après un petit déjeuner expédié sur le pouce et une toilette sommaire, le jeune garçon composa le numéro de son camarade sur le clavier du téléphone.

« Bonav ? C'est Théo. Je fonce à Montespan. On peut se filer rencard dans dix minutes, passage des Dauphins, si tu veux.

— Trop court. Je suis encore en pyjama et je n'ai pas déjeuné.

— Qu'est-ce que tu fous ? Il est neuf heures passées !

— J'ai transposé l'air de musique hyperchimique, hier soir. Je me suis couché à une heure du matin…

— Tu l'as essayé à la flûte ?

— Oui, naturellement. Mais en sourdine, pour ne pas réveiller toute la baraque…

— Alors ? Ça donne quoi ?

— Une cacophonie atroce, comme de bien entendu. Et le pire, c'est que certains doigtés sont très techniques. J'ai dû faire une bonne dizaine de fausses notes ! Or, la recette stipule bien qu'au moindre couac, on se retrouve bloqué dans le cosmos jumeau…

— Et tu penses pouvoir maîtriser la chose d'ici après-demain ?

— J'ai bon espoir, à condition de travailler d'arrache-pied.

— Écoute, réflexion faite, je crois que j'irai seul à Montespan. Bosse l'air, de ton côté. Je n'ai pas besoin de toi pour confectionner le sarcophage. Bonne journée et bon courage, on se rappelle dans la soirée. »

Théophile mania la scie et le marteau une bonne partie de la matinée. Il déjeuna d'une baguette de pain, de deux tomates, d'une boîte de sardines et d'un petit fromage de chèvre appelé Picodon, assis sur une souche dans la clairière où le sarcophage commençait à prendre forme. L'objet, qui reposait devant lui sur quatre billes de chêne, avait l'aspect d'un grossier cercueil sans poignées. Il était suffisamment long pour que les deux garçons pussent s'y tenir recroquevillés en chien de fusil, et suffisamment profond pour qu'il leur soit possible de refermer le couvercle sur leur tête durant le voyage. Pas de doute, c'était là du beau travail ! Quel dommage de devoir barbouiller ce chef-d'œuvre avec l'excrément du mammifère cornu appelé vache laitière !

Après une courte sieste à l'ombre d'un pin, le jeune garçon peaufina son ouvrage et partit à la recherche de bouses fraîches, sa truelle à la main. Il fit une assez bonne récolte et revint cacher la boîte hermétiquement close sous les ronciers, non loin du sarcophage qu'il couvrit d'orties coupées, par mesure de précaution. Restait à pédaler dix kilomètres pour regagner la ville. Il se sentait vidé. Mais quoi, il fallait bien rentrer de toute façon ! Ayant enfourché son vélo sans conviction, il se laissa glisser au bas d'un chemin caillouteux menant à une route bordée de maïs jaunis. Puis il s'éloigna dans la campagne en croquant une pâte d'amande aux germes de blé qu'il avait eu la présence d'esprit de mettre dans son sac pour le cas où il se trouverait à court d'énergie.

Bonaventure appela vers huit heures et tomba sur Marie, qui remontait de mettre une lessive en route à la buanderie.

« Tu veux parler à Théophile ? Ne quitte pas, je te le passe. À propos, et ces études de musique, ça marche ? »

Bonaventure eut une seconde d'hésitation, car il pensait que la mère de son ami faisait allusion à l'air de musique hyperchimique qu'il avait travaillé toute la journée. Mais il comprit qu'en réalité Marie voulait parler du Conservatoire de musique, où il était élève, et, se reprenant, il répondit avec un parfait naturel :

« Au poil. Je travaille les partitions qu'on nous a données pour les vacances. Elles comportent des difficultés techniques dont vous n'avez pas idée… »

Il trahissait à peine la vérité en tenant ce discours, car l'air hyperchimique était truffé de doigtés complexes, en effet.

« Profite quand même de tes vacances, mon petit Bonaventure. Fais le plein de forces pour la rentrée...

— Je m'y emploie, madame. Je m'y emploie... »

Marie tendit le téléphone à son fils, qui s'éloigna aussitôt vers l'escalier en murmurant dans le combiné :

« Une minute, Bonav, je monte dans ma chambre. On sera plus tranquille pour causer... »

Il grimpa les escaliers quatre à quatre et pénétra dans son antre, dont il referma soigneusement la porte.

« Je t'écoute, reprit-il en s'allongeant à plat ventre sur son lit. As-tu réussi à maîtriser l'air de musique hyperchimique ?

— Pour ainsi dire, oui. J'accroche encore sur la descente en triples croches de la mesure vingt-trois, mais d'ici après-demain, je devrais avoir passé le cap. Il faut que le cerveau mémorise les doigtés, tu comprends. Ensuite, ça va tout seul... Et toi, le sarcophage, ça se présente comment ?

— On ne peut mieux. Il est presque terminé. Et

j'ai une pleine boîte de bouses bien molles, agréablement parfumées…

— Berk ! Tu es écœurant ! Lave-toi les mains avant de passer à table, des fois que ce soit des bouses de vache folle…

— T'inquiète, je sors du bain. On se voit demain, pour les derniers préparatifs ?

— Comment ça, demain ? ! Et le chalumeau de Zanardi ? Il va venir à nous tout seul, peut-être ? Je te rappelle qu'on était censé faire le coup ce soir…

— Zut alors ! J'avais complètement oublié cette histoire de chalumeau. Ça tombe plutôt mal, j'en ai plein les pattes…

— Moi aussi, qu'est-ce que tu crois ? Mais c'est l'occasion rêvée. La clef de l'atelier est restée sur la porte, je viens juste de descendre vérifier…

— Tu pourrais peut-être faire le coup tout seul, pour une fois ? »

L'incongruité de cette proposition médusa le jeune Antillais, qui manqua en lâcher le combiné du téléphone.

« Pas question ! s'exclama-t-il. J'ai bien trop la trouille de me faire attraper. Tout le monde me connaît, ici. Ça ferait un pataquès du tonnerre… »

Les deux jeunes gens gardèrent le silence une bonne minute, réfléchissant chacun de leur côté.

« Bon, écoute, fit enfin Théophile. Je vais trouver un moyen de m'échapper une demi-heure ce soir après dîner. Rendez-vous à neuf heures en bas de chez toi. Pense à prendre la clef de ta cave. On y cachera le chalumeau en attendant de le transporter où tu sais. Bon appétit, et à tout à l'heure. Mange léger, surtout, au cas où il faudrait courir…

— Pourquoi dis-tu ça ? demanda Bonaventure subitement angoissé. Tu as un pressentiment ?

— Mais non, conclut Théophile en rigolant. Je voulais juste voir si tu étais toujours aussi intrépide…

— Et alors ?

— Alors, rien. J'ai vu. »

Les deux jeunes gens se retrouvèrent dans la cour peu après la tombée de la nuit.

Bonaventure faisait le pied de grue depuis une bonne dizaine de minutes devant la porte de l'atelier lorsque Théophile déboula tout à coup sur son vélo, tous feux allumés, un sombre rictus aux lèvres. Le jeune Antillais, qui puisait dans un sac en papier plein de loukoums pour tromper l'ennui, ne broncha pas en le voyant décrire une courbe le long des massifs d'hortensias puis foncer droit sur lui.

Il y eut un crissement de pneus au moment où le blondinet freinait en dérapant de l'arrière, puis le bruit d'une dégringolade due à un cale-pied trop serré.

« Et merde ! s'exclama le cycliste en se redressant. Qu'est-ce qu'ils sont chiants, ces cale-pieds ! Je me ramasse la gueule par terre une fois sur deux depuis que je les ai installés…

— Question discrétion, tu fais fort ! Tu aurais dû prévoir un porte-voix. C'est le plus efficace, quand on veut ameuter tout un quartier...

— Oh, ça va ! File-moi plutôt un bonbec, ça me détendra. »

Bonaventure lui tendit complaisamment son sac de loukoums en répliquant :

« Sers-toi, c'est de l'artisanal. Tu m'en diras des nouvelles… Et coupe-moi ce clignotant rouge, cré vingt Diou ! Tu nous fais un spectacle son et lumière, ma parole ! »

Le blondinet obtempéra et prit un loukoum à la rose dans le sachet qu'on lui présentait.

« Vachement bon ! admit-il après avoir dégluti le pâton sucré. Ils viennent d'où ? De chez Haroun Al-Rachid ?

— Non, de chez Kéchichian. Un ton plus bas, s'il te plaît. Tu vas finir par attirer l'attention sur nous…

— Tu parais tendu. C'est de cambrioler un voisin qui te met les nerfs en pelote ?

— Tais-toi, malheureux ! Il y a sûrement des tas de gens qui nous épient depuis leur balcon…

— Ben voyons ! Et peut-être même un ou deux policiers déguisés en vieilles dames au coin de la rue, qui n'attendent que l'occasion propice pour nous sauter dessus et nous estourbir d'un coup de sac à main…

— Ne plaisante pas avec ça. Ça fout la poisse, de parler de police avant d'enfreindre la loi…

— Arrête ton char, mon vieux ! "Enfreindre la loi"… Tu y vas un peu fort, non ?

— Pas du tout. Tu viens toi-même de parler de cambriolage, non ?

— Mes mots ont dépassé ma pensée. J'aurais dû

dire "emprunt"… Bon, qu'est-ce qu'on fait ? On y va où on continue de discutailler jusqu'à la Saint-Glinglin ?

— Je me demandais si on n'aurait pas intérêt à commencer par bidouiller les fils du lampadaire. Comme ça, l'obscurité serait complète. On pourrait opérer en toute discrétion…

— Riche idée, pour trouver une mort violente ! Tu sais combien il y a de volts, dans les lampadaires communaux ? Des milliers ! Si tu t'électrocutes, ça va faire un gros flash bleu, et tous tes voisins descendront dans la cour pour contempler ta dépouille rabougrie. Question discrétion, on a vu mieux…

— Tu proposes quoi ?

— Qu'on entre chercher ce foutu chalumeau dans l'atelier de Zanardi et qu'on le descende dans ta cave, ni plus ni moins.

— C'est plutôt sommaire, comme plan. Je m'attendais à mieux…

— Sans blague ? Tu croyais peut-être qu'on allait creuser un tunnel sous les bégonias pour franchir une porte ouverte ? Décontracte-toi, respire un grand coup et emboîte-moi le pas. Plus vite ce sera fini, mieux ça vaudra. »

Le jeune Antillais, à bout d'arguments, obéit à contrecœur et suivit son camarade jusqu'au fond de la cour.

« Bon, reprit ce dernier en désignant du menton un alignement de portes, c'est laquelle ?

— Celle en bois à deux battants, avec la clef dessus. Mais je me demande si…

— Plus tard, les interrogations métaphysiques ! Place à l'action ! »

Comme son camarade continuait d'hésiter sur le seuil, il lui attrapa une natte et le tira dans l'atelier, dont il repoussa précautionneusement la porte. La méthode n'était pas très délicate, mais tout du moins avait-elle le mérite de l'efficacité.

« Tu es fou, non ? Qu'est-ce qui te prend de me tirer les nattes ? Ça fait un mal de chien, je te signale !

— Tais-toi, tu vas nous faire repérer ! Je ne t'aurais pas tiré les nattes si tu étais moins indécis. Embarquons le chalumeau, et qu'on en finisse. Je meurs d'envie d'aller me coucher… »

Bonaventure prit sa petite lampe torche dans la poche de son blouson et, tout en se massant le cuir chevelu, il commença à promener un pinceau de lumière blanche sur le désordre de l'atelier. Maître Ugolino Zanardi gardait ici un impressionnant bric-à-brac de chaises dépaillées, de ferrailles biscornues et de chutes de pâte de verre solidifiées. Son chalumeau trônait au fond du décor, près d'un antique établi en bois de chêne doté d'un monumental étau. Les apprentis cambrioleurs s'en approchèrent, et Théophile constata, visiblement surpris :

« C'est un sacré morceau ! Je voyais ça beaucoup plus petit. Et puis, tu ne m'avais pas dit qu'il y avait deux bonbonnes…

— Je pensais que tu le savais. Les chalumeaux oxhydriques combinent toujours deux gaz, comme leur nom l'indique : de l'oxygène et de l'hydrogène. C'est ce qui leur donne une flamme si ardente…

— Débranchons les tuyaux et prenons chacun une bonbonne. Tu as pensé à la clef de la cave ?

— Naturellement. Je ne suis pas si tête-en-l'air que tu crois... »

Il dévissèrent en hâte les connexions du chalumeau, et Théophile prit la bonbonne d'oxygène à bras-le-corps. Il poussa fortement sur ses jambes, vira au rouge et tituba en direction de la porte. Après quoi il lâcha tout en s'exclamant :

« Ce bidule pèse une tonne ! Il doit être costaud, Zanardi, pour porter ça tout seul…

— Il n'a aucun mérite, répondit Bonaventure d'un air détaché. Il utilise un petit chariot…

— Et c'est maintenant que tu le dis ? Tu me laisses me crever la paillasse avant de m'avertir qu'il faut un chariot ?

— Excuse-moi, je surveillais les bruits de pas dans la cour. Tout est un peu trop calme à mon goût. Ça sent le traquenard… »

Les deux jeunes gens partirent à la recherche du chariot. Mais, peine perdue, il demeurait introuvable. Zanardi avait dû l'emporter chez lui.

« On va devoir porter les bonbonnes à deux, tant pis ! Amène-toi et bascule celle-ci vers moi. Je vais la réceptionner et tu la prendras par-dessous…

— Tu n'as pas peur qu'elle t'écrase ?

— Penses-tu ! Ça ne risque rien. À mon signal, tu pousses, d'accord ? »

Ils firent comme le blondinet l'avait suggéré et acheminèrent tant bien que mal la première bonbonne jusqu'à la porte de l'atelier. Après quoi

Bonaventure interrompit son effort et se redressa en disant :

« Minute ! Cette saloperie est en train de me cisailler les phalanges ! Je vais devoir mettre mes gants…

— Parce que tu as apporté des gants ? !

— Bien entendu, qu'est-ce que tu crois ? Je suis flûtiste, je ne peux pas me permettre de me bousiller les mains… »

Il tira de sa poche une paire de gants de laine multicolore, qu'il enfila à la lueur de la lampe-torche. Comme il fléchissait les genoux pour rempoigner la bonbonne, un petit bruit lui fit froncer les sourcils.

« Chut ! fit-il. Je crois que j'entends respirer...

— Ah bon, sans blague ?

— Oui, écoute. Ça siffle… »

Théophile, qui tenait toujours la bonbonne de son côté, redoubla d'attention et confirma :

« En effet, ça siffle. Mais ce n'est pas un bruit de respiration, c'est le bruit du gaz qui s'échappe. Le robinet a dû s'ouvrir de ton côté. Ferme-le vite, avant que tout n'ait foutu le camp… »

Le jeune Antillais s'exécuta aussitôt, mais il

tourna le robinet dans le mauvais sens et reçut en plein visage une bouffée inodore qui le fit bondir en arrière.

« Arrrgh ! hurla-t-il. Je viens de respirer un grand coup de gaz ! Je suis empoisonné !

— T'inquiète, répondit le blondinet qui faisait toujours preuve d'un sang froid admirable dans les grandes circonstances. C'est de l'oxygène ! On en donne au malade dans les hôpitaux ! Au pire, ça te filera un coup de fouet… »

La prédiction était exacte car, après quelques instant, Bonaventure se redressa et gonfla la poitrine en disant :

« Mais c'est vrai que ça fait du bien. Allez, hop ! Dégage d'ici et laisse-moi faire. Tu t'y prends mal… »

Joignant le geste à la parole, il empoigna le cylindre d'acier à bras-le-corps et disparut dans la cour. L'instant d'après, il réapparaissait, diaboliquement épanoui et les tresses en bataille.

« Alors ? s'exclama-t-il à la vue de son camarade planté les bras ballants devant la bonbonne restante. Qu'est-ce que tu fous ? Je t'attends à la cave depuis cinq minutes !

— Je n'arrive pas à soulever cette saloperie de bonbonne. C'est trop lourd pour moi...

— Pfff ! Ce que tu peux être lambin, mon pauvre vieux ! Ce n'est pourtant pas sorcier… »

Traversant l'atelier d'un pas rapide, il empoigna la lourde charge et la jeta sur son dos avec une aisance d'haltérophile. Puis il se tourna vers Théophile et dilata ses narines de manière inquiétante avant de disparaître dans la cour à petites foulées.

5
L'avertissement d'Arkandias

THÉOPHILE eut toutes les peines du monde à émerger le lendemain matin. Il ouvrit un œil à sept heures, consulta l'écran du radio-réveil et replongea aussitôt dans un sommeil agité d'un rêve absurde qui le fit se retourner à plusieurs reprises dans son lit. Bonaventure, habillé en alpiniste, réclamait avidement de l'oxygène et pompait sans vergogne la buse du chalumeau, avant de briser à coups de piolet une sorte de long cercueil biscornu d'où s'échappait un flot de petites souris blanches qui se répandaient partout autour d'eux et finissaient même par grimper dans les jambes de leurs pantalons. Agacé par les chatouilles de toutes ces petites pattes, il jugea préférable de se lever et de descendre déjeuner. Dehors, le jardin éclairé de soleil respirait une paix troublée par le tapage des mésanges qui se querellaient dans la haie de troènes. Pas de doute, une belle journée se préparait. Délaissant la cuisine, le jeune garçon porta son bol de lait et son paquet de céréales chocolatées sous la véranda. Il expédia coup sur coup deux pleins bols de flocons de blé imbibés de lait sucré, puis rentra se préparer une tartine car il avait encore un petit creux. Comme il refermait la porte du frigo, le téléphone sonna. C'était Bonaventure, qui appelait pour se faire confirmer l'heure du rendez-vous à Montespan.

« Dix heures trente devant la scierie, répondit Théophile tout en beurrant sa tranche de pain. Tu viens toujours en voiture avec ton cousin Basile ?

— Et comment ! Se payer le transport des bonbonnes à vélo sous la canicule, c'est des coups à crever !

— Pas si sûr. Avec une petite bouffée d'oxygène

dans les naseaux, tu fais des miracles. J'ai bien vu hier soir…

— Ne me parle plus jamais d'oxygène, ça monte au cerveau ! J'ai passé la nuit à entendre Coin-Coin grincer des dents sous mon lit. Je me suis réveillé en nage, mon pyjama était à tordre, une véritable horreur…

— Moi, c'est ce matin que j'ai fait un cauchemar : tu pétais le sarcophage d'outretemps à coups de piolet, et on se faisait bouffer par tout un régiment de petites souris blanches…

— Fais-toi un tilleul, mon vieux ! Le stress t'égare… Bon, je dois raccrocher, ça sonne à la porte. C'est sûrement Basile… »

Après s'être fait répéter une dernière fois l'heure du rendez-vous, le jeune Antillais coupa la communication. Théophile acheva de beurrer sa tartine et la mangea en feuilletant une revue d'art contemporain où un barbu goguenard présentait à quelques amateurs triés sur le volet des ribambelles de cailloux peints en bleu et montés sur des tiges métalliques. Puis il monta prendre une douche rapide et redescendit tout nu à la buanderie chercher un tee-shirt et un pantalon propre sur la table à repasser. Dix minutes plus tard montre en main, il quittait la maison sur son vélo tout terrain.

Comme il tournait à l'angle de la rue Croix-d'Or, une grosse voiture noire parut au débouché du passage Desfrançois et lui coupa délibérément la priorité. Il donna un coup de frein et partit en dérapage vers le trottoir, évitant de justesse une poubelle qui se trouvait là.

« Connard ! s'exclama-t-il en jetant son vélo à terre et en venant tambouriner des deux poings sur le pare-brise fumé du chauffard. Et la priorité à droite, alors ? C'est pour les chiens ? »

Cette question demeura un moment sans réponse. Puis la vitre arrière droite s'abaissa lentement, et une voix métallique articula :

« Calmez-vous, jeune homme ! Vous allez finir par me donner la migraine avec vos tambourinages ! Sans compter qu'à taper ainsi à poings nus sur le pare-brise, vous risquez de vous blesser pour de bon… »

Cette voix le fit revenir à la raison. Il recula d'un pas et reconnut enfin la Rolls noire de monsieur Arkandias.

« Comment ? bredouilla-t-il. C'est vous ?

— Mais oui, parbleu ! Montez-donc un moment, j'ai à vous parler… »

Théophile n'avait pas pour habitude d'obéir aux injonctions de l'hyperchimiste. Mais, après tout, que risquait-il ? On n'enlève pas quelqu'un devant chez lui en plein jour avec une Rolls ! Il ouvrit donc la lourde portière et prit place sur la banquette de cuir en disant :

« Je vous préviens tout de suite que je suis très pressé. Alors, pas de salamalecs ! Dites à votre chauffeur de mettre mon vélo dans le coffre et conduisez-moi à Montespan… »

L'hyperchimiste eut un sourire et fit signe au majordome Hortulain d'obtempérer.

Le vélo fut chargé en un tournemain puis le majestueux véhicule opéra un demi-tour afin de mettre le cap sur la destination indiquée.

« Prenez-donc un rafraîchissement ! enjoignit monsieur Arkandias d'un ton cordial en ouvrant la porte du mini-bar en loupe de thuya. Je vous conseille ce nectar de mangues, que je fais venir de Khartoum et dont vous me direz des nouvelles…

— Je viens de déjeuner, merci. Les jus de fruit se boivent loin des repas. Sinon, ils perturbent la digestion…

— Je vois que vous avez de solides notions de diététique. Vos centres d'intérêt sont multiples, décidément…

— Que voulez-vous dire ? »

L'hyperchimiste ne répondit pas tout de suite et commença par prendre un petit cigare dans l'armoire humidificatrice en bois polychrome qui se trouvait sous l'accoudoir de son siège. Il l'alluma avec un grand sans-gêne, tira quelques bouffées et reprit :

« Je faisais allusion à la magie rouge. Ne méditeriez-vous pas de voyager dans le passé par l'entremise d'un objet hyperchimique appelé sarcophage d'outretemps, par hasard ? »

À ces mots, le jeune garçon manqua s'étrangler. Comment diable Arkandias avait-il fait pour être déjà au courant ?

« J'ai dû écourter mes vacances pour venir vous mettre en garde, jeune présomptueux ! De toutes les recettes hyperchimiques, celle du sarcophage est la plus risquée. Bon nombre de mes confrères qui l'ont essayée se sont perdus corps et âme dans le cosmos jumeau. Le transit ne souffre pas la moindre fausse note. Or, croyez-moi, ce n'est pas une mince affaire que de jouer en mesure quand on remonte le temps…

— Vous faites fausse route, monsieur Arkandias. La magie rouge ne m'intéresse plus du tout. Les deux recettes que j'ai essayées ont manqué aboutir à des catastrophes. Vous comprendrez que je ne sois guère tenté de remettre ça...

— Je comprends surtout que vous me prenez pour un âne ! articula l'hyperchimiste mi-agacé, mi-résigné. C'est désolant, mais qu'y puis-je ? En tout cas, je vous aurai prévenu… »

À cet instant, Hortulain tourna la tête vers ses passagers en disant :

« Nous arrivons à Montespan. Où dois-je déposer monsieur ?

— Devant la mairie, répondit Théophile pour brouiller les pistes. Ça ira très bien. Je dois tondre les pelouses de ma tante Jeanne, qui habite rue des Quatre-Chapeaux… »

Le majordome gara la Rolls près du monument aux morts et descendit ouvrir la portière au jeune garçon qui récupéra son vélo dans le coffre.

« Souvenez-vous bien de ma mise en garde, répéta Arkandias en prenant congé du cycliste.

Lorsque vous aurez été précipité dans l'hypersphère inverse, je ne pourrai plus rien pour vous...

— La tondeuse de ma tante n'est pas un objet hyperchimique, rétorqua Théophile en balayant sa mèche blonde d'un revers de main. Cessez donc de vous montrer soupçonneux, c'est énervant, à la fin ! »

La vitre fumée remonta lentement, et le gros véhicule s'éloigna sur l'esplanade de la mairie.

« Bah, fit l'hyperchimiste tandis qu'Hortulain mettait plein régime pour regagner la ville. Ce jeune foutriquet me prend pour un imbécile, et c'est son droit. Mais on ne m'ôtera pas de l'idée que les douze boîtes métalliques émaillées de jaune achetées chez Wou Han entrent dans la préparation du sarcophage. Du reste, il n'y a jamais eu à Montespan de rue des Quatre-Chapeaux ! »

Bonaventure et son cousin Basile étaient à l'heure au rendez-vous de la scierie. Après de rapides présentations, tout le monde prit la direction du bois. Basile, qui était d'une discrétion exemplaire, déposa les deux jeunes gens en bordure de route à quelques dizaines de mètres de la clairière abritant

le sarcophage. Il les aida à sortir le chalumeau et les vélos du coffre, puis s'éclipsa sans poser de questions. Un tel manque de curiosité laissa Théophile pantois. Bonaventure expliqua que son cousin était une bonne nature et que, d'autre part, il avait fumé à l'aller plusieurs petites cigarettes odorantes qu'il roulait lui-même et qui l'avaient mis de fort bonne humeur. Le blondinet conta en deux mots sa rencontre avec Arkandias, en omettant toutefois de rapporter les mises en garde insistantes de ce dernier. Puis les deux jeunes gens se mirent en devoir d'acheminer les lourdes bonbonnes sur le théâtre des opérations à travers un enchevêtrement de ronces et d'orties, ce qui les occupa une bonne partie de la matinée. Ils bouclèrent les derniers préparatifs, puis répétèrent les différentes phases de la recette, ne quittant la clairière qu'en toute fin d'après-midi.

« Couche-toi de bonne heure ce soir, Bonav ! conseilla Théophile à son camarade au moment de le quitter à l'angle de la rue des Tanneurs. Demain, il s'agit d'être en forme…

— T'inquiète, je suis fourbu. D'ailleurs, je crois que je vais dîner debout : si je m'assieds, je m'endors. Au fait, tu as pensé aux cartons d'invitation ? »

Les cartons en question étaient de fausses invitations que Théophile avait promis de confectionner pour leur permettre de se libérer le lendemain soir au moment stratégique.

« Je les ai dans ma poche. Tu fais bien de m'en parler, j'allais repartir sans te donner le tien ! »

Il tendit au jeune Antillais un petit bristol beige où il avait calligraphié avec soin le texte suivant :

La Patrouille Serpolet des Scouts de France
vous invite pour une nuit au camp de Montespan.

Départ le jeudi 21 août à 15 heures
devant l'arrêt de bus Cinéma Saint Esprit.

« Beau boulot ! concéda Bonaventure admiratif. J'ignorais que tu avais une imprimante laser...

— Je n'ai pas d'imprimante laser, c'est écrit à la main...

— À la main ? Incroyable ! On jurerait que c'est imprimé...

— Qu'est-ce que tu crois ? Avec une bonne vieille plume et de l'encre de chine, on fait des miracles ! Bonne nuit, mon vieux. Fais de beaux rêves. Songe que demain soir, tu retrouveras Coin-Coin en chair et en os…

— Il me rend déjà visite chaque nuit ou presque, rétorqua le jeune Antillais d'une voix lasse. Alors, si tu n'y vois pas d'inconvénient, je vais plutôt essayer de penser à autre chose, histoire de changer… »

Une fois rentré chez lui, Théophile commença par ôter avec une aiguille désinfectée à l'alcool les épines récoltées en traversant les ronciers de Montespan.

Puis, comme la recette stipulait de chausser une paire de lunettes passées au noir de bougie après avoir pris place dans le sarcophage, il partit à la recherche de sa paire de Ray-Ban et commença à retourner méthodiquement tous les tiroirs de la maison.

« Que cherches-tu ? demanda Marie intriguée.

— Mes lunettes de soleil ! Je les avais rangées avec les affaires de ski, mais elles n'y sont plus.

C'est incroyable comme tout disparaît dans cette maison…

— La dernière fois que je les ai aperçues, elles traînaient sur le haut du vaisselier. Quelle mouche te pique, de les chercher à cette heure-ci ?

— C'est pour la journée de demain avec les scouts, mentit le jeune garçon avec son aisance habituelle. On va faire une grande balade du côté de Crussol, et il paraît que la réverbération du soleil sur les roches granitiques peut endommager la vue. J'aurais aussi besoin des tiennes, pour Bonav. Tu sais, les roses en forme de cœurs…

— Mais ce sont des lunettes de fille !

— Peu importe, il s'en fiche. Du moment que ça protège les yeux. Il a perdu les siennes en faisant du surf à Basse-Terre, chez ses grands-parents…

— Les scouts de la Patrouille Serpolet n'ont pas fini de se fendre la pêche ! Mais si ça lui est égal, après tout… Elles sont dans la boîte à gants de la voiture. N'oublie pas de le prendre en photo, quand il les aura sur le nez. Ça me sera utile pour le faire chanter, si jamais il me les abîme. Je pourrai par exemple faire tirer des affiches que je collerai sur les murs du lycée… »

Le blondinet éclata de rire et fila sur le champ au garage récupérer les lunettes roses. Après quoi il monta compléter son sac en attendant l'heure du dîner.

6
Faux-pas dans l'hypersphère inverse

BONAVENTURE appela peu après le départ de Marie le lendemain matin. Théophile, qui était remonté dans sa chambre immédiatement après le petit déjeuner pour étudier la recette, redescendit l'escalier quatre à quatre pour décrocher au salon. Son camarade avait une voix toute bizarre et reniflait sans cesse d'une manière fort grossière dans le combiné.

« Qu'est-ce qui t'arrive ? lui demanda-t-il. Tu as pris froid ?

— Rhube des foins. Je suis allergigue au bollen de ronze. Bais ne d'inquiède bas. Je vais brendre des granules homéobadhiques. D'ici cède abrès-midi, ce sera guéri…

— Il faut espérer ! Sinon, c'est la catastrophe…

— J'abeulais bour savoir où on se redrouvait, doude à l'heure.

— Devant l'arrêt de bus Cinéma Saint-Esprit, comme indiqué sur le carton. Écarte le téléphone de ton visage, quand tu te mouches. Tu as manqué me crever le tympan !…

— Exguse-moi, Dhéo. Je ragroche. C'est blus raisonnable. À doude à l'heure… »

Théophile, consterné, rentra l'antenne du téléphone et remonta vers sa chambre en se mordillant les lèvres. Quelle tuile, ce rhume ! Bonaventure allait multiplier les fausses notes. Dans ces conditions, mieux valait reporter toute l'opération d'un mois et attendre la prochaine Lune en Gémeaux ! Il se laissa tomber sur son lit et croisa ses mains sous sa nuque. Tant d'efforts mis à bas au dernier moment, et par quelques microscopiques grains de pollen, qui plus est ! C'était vraiment navrant ! Dire qu'il allait falloir récupérer le chalumeau et le remettre à sa place dans l'atelier de Zanardi, pour ensuite le remprunter et l'acheminer de nouveau jusqu'au bois ! Il soupira et tourna la tête vers la fenêtre pour contempler l'effet du soleil dans le feuillage du gros tilleul ombrageant la véranda. La branche par laquelle le chat homicide était entré dans la chambre quelques jours plus tôt projetait son ombre traîtresse sur le plancher. Ses pensées se portèrent tout naturellement vers Sainte-Clothilde, où Samantha et Pâcome gisaient dans leur boîte d'allumettes sous le massif de bégonias. Pauvres petites victimes immolées sur l'autel de sa propre négligence ! Elles allaient devoir patienter un long mois avant de ressusciter. Le jeune garçon décroisa ses mains et se redressa tout à coup, tétanisé par un regain de motivation. Non, il ne laisserait pas une petite allergie de rien du tout mettre un terme à son beau projet ! Si les granules homéopathiques de Bonaventure n'agissaient pas avec promptitude, il soignerait son ami au moyen de tisanes et de gargarismes. Et au besoin, il jouerait lui-même cette satanée musique. Tout plutôt que de renoncer, sapristi !

En quittant la maison peu après déjeuner, il eut un pincement au cœur à la vue de la corde à linge sur laquelle séchaient ses affaires et celles de Marie. La tendre complicité qui l'unissait à sa mère lui apparut brusquement, et il sentit deux grosses larmes lui monter aux yeux. Si le cosmos jumeau l'avalait pour toujours, que deviendrait sa chère maman ? Les gendarmes ne manqueraient pas de lui apprendre qu'il n'y avait jamais eu de Patrouille Serpolet aux scouts de France, ni de bivouac nocturne à Montespan. Alors, Marie perdrait la raison et se jetterait sous le premier autobus venu. Mais que faire ? Il ne pouvait tout de même pas lui laisser sur la table de la cuisine un petit mot disant :

Ma chère maman,

Bonaventure et moi sommes partis remonter le temps à bord d'un sarcophage hyperchimique. Ne t'inquiète pas, tout ira bien. J'ai emporté des biscuits à la figue et deux bouteilles d'eau minérale. Si l'hypersphère inverse ne nous retient pas prisonniers, nous serons de retour demain matin.

Mille bisous,

Théo

C'eût été grotesque ! Mieux valait se calmer et tenter de faire « abstraction des affects », comme le conseille Bouddha. Le jeune garçon vida lentement ses poumons en comptant jusqu'à quinze. Puis il enfourcha son vélo et consulta sa montre. Quatorze heures trente. Le moment était venu de rejoindre Bonaventure devant l'arrêt de bus Cinéma Saint-Esprit.

En débouchant au coin de la rue des Tanneurs, il trouva son camarade tranquillement assis au soleil sur un banc devant les grilles closes du cinéma. Le gourmand était en train de déguster une pâtisserie orientale empoissée de miel d'acacia. Un gros sac à dos kaki de l'armée américaine reposait à ses pieds. Il allait apparemment beaucoup mieux que tout à l'heure au téléphone et ne reniflait plus du tout.

« Alors ? lui demanda-t-il sans autre préambule. Et ce rhume ?

— Guéri ! J'ai pris Ipéca 9CH, trois granules toutes les dix minutes, pendant une heure. Ça m'a requinqué…

— Ce qui est remarquable, chez toi, c'est qu'il en

faut vraiment beaucoup pour te couper l'appétit. On s'apprête en embarquer dans un cercueil et à basculer vers le cosmos jumeau, et toi, tu dégustes des pâtisseries orientales comme si de rien n'était. Chapeau, mon vieux ! Tu m'impressionnes... »

Bonaventure marqua un temps et écarta légèrement le rideau de nattes qui lui obstruait la vue.

« Quand je suis nerveux, je mange. Ça me calme. Et quand je suis détendu, je mange aussi, mais pour le plaisir. Pourquoi parles-tu de cercueil ? Je croyais qu'il s'agissait d'un sarcophage ?

— C'est pareil, à peu de choses près.

— Pardon, ça n'a rien à voir ! Entendons-nous sur les mots. "Sarcophage", ça fait antique, tandis que "cercueil", c'est carrément lugubre ! Je n'ai aucune envie d'embarquer à bord d'un cercueil. Déjà que je prenais énormément sur moi pour monter dans le sarcophage...

— Autant pour moi, je rectifie : il s'agit bel et bien d'un sarcophage. Maintenant, sans te commander, magne-toi de finir ton gâteau ! On a encore dix bornes à faire à vélo, et pas mal de trucs à régler sur place avant la tombée de la nuit... »

Le jeune Antillais ingéra précipitamment sa

pâtisserie au miel et se pencha pour ramasser son sac à dos, qu'il ajusta entre ses omoplates. Théophile l'observait avec des soupirs d'impatience. Il avait hâte de se mettre en route.

« Ça y est ? demanda-t-il après quelques instants. On peut y aller ?

— Minute, quoi ! Je règle mes courroies…

— Qu'est-ce que tu trimballes, dans ce gros sac ? Des affaires de rechange pour un mois ?

— Mon duvet, ma flûte, mes transcriptions, plus quelques boîtes de conserve pour ce soir. Ne compte pas que j'embarque dans le sarcophage l'estomac vide ! Quitte à se perdre dans le cosmos jumeau, autant que ce soit après un bon cassoulet. »

Les deux jeunes gens gagnèrent Montespan sans plus prononcer un mot, sauf dans les côtes où Bonaventure égrenait des chapelets d'imprécations à l'adresse de son camarade qui caracolait en tête sans se soucier de lui. Sitôt arrivés, ils s'empressèrent de vérifier que personne n'avait fait main basse sur le matériel en leur absence. Théophile recompta les boîtes de cachous Chabichou, cependant que le jeune Antillais faisait le tour du sarcophage en hochant la tête d'un air pensif.

À la nuit tombante, les campeurs allumèrent un feu sur lequel ils disposèrent la boîte de cassoulet. Ils dînèrent de grand appétit devant les flammes dansantes qui leur chauffaient agréablement le visage et les mains. Autour d'eux, les bois enténébrés craquaient sans cesse et, à chaque fois, Bonaventure sursautait et se tournait vers Théophile pour demander : « Tu as entendu ? ».

Vers dix heures, ils firent un dernier point du matériel disposé en rond dans l'herbe autour du sarcophage. Une Lune amincie clignait sa paupière sur la campagne, et le ciel avait une profondeur abyssale qui donnait le frisson. À la lueur de la grosse lampe bleue apportée par son camarade, Théophile lut la recette à haute voix en la commentant au fur et à mesure. Puis Bonaventure s'introduisit dans le sarcophage avec sa flûte, ses transcriptions et la lampe, afin de s'entraîner à jouer l'air hyperchimique en espace confiné. Il reparut une dizaine de minutes plus tard, fort satisfait de sa prestation.

« Pas une fausse note ! Je n'ai jamais été aussi bon ! Pourtant, j'avais les coudes qui touchaient les parois et la tête qui cognait contre le couvercle. C'est à n'y rien comprendre…

— La prochaine fois que tu présentes un morceau au conservatoire, joue dans un sarcophage ! Apparemment, ça te réussit… »

Comme sa montre-bracelet marquait dix heures trente, le blondinet reporta au crayon à papier sur sa recette les équivalences entre centièmes d'heures et minutes calculées par son camarade. Puis les deux jeunes gens entreprirent de déposer le sarcophage dans l'herbe afin d'être en mesure de le hisser de nouveau sur les billes de bois au premier centième de l'heure, conformément aux indications rectifiées.

Après une ultime vérification du matériel, ils retournèrent s'asseoir près du feu qu'ils tisonnèrent avec une branche de noisetier pour passer le temps. Enfin, quelques minutes avant onze heures, Théophile se leva tout à coup en disant :

« Il est moins cinq ! En place, mon vieux ! Les choses sérieuses vont commencer…

— Enfin un peu d'action ! Je commençais à

piquer du nez dans la braise. Le cassoulet, c'est bon, mais ça assomme… »

Ils revinrent se placer chacun à un bout du sarcophage, puis le blondinet consulta sa montre en fronçant les sourcils.

« H moins deux ! Tiens-toi prêt. À mon signal, on soulève… »

Au premier centième de l'heure, disposer le sarcophage de bois blanc sur les billes de chêne.

Après que la trotteuse eut passé deux fois de suite sur le chiffre douze du cadran, Théophile hocha la tête en s'exclamant :

« Top départ ! On soulève… »

Bonaventure força aussitôt tant qu'il put sous ses nattes, cependant que son camarade geignait en crispant les mâchoires. Le sarcophage retrouva bien vite la place qui était la sienne un instant plus tôt, et les deux jeunes gens s'assirent dans l'herbe pour souffler un peu en attendant l'étape suivante.

« Tu t'occuperas de badigeonner le couvercle avec ça, décréta le blondinet en tendant à son camarade une des deux spatules de peintre qu'il avait apportées pour étaler la bouse. Moi, je me charge des côtés et du fond. N'aie pas peur d'en mettre une bonne couche. Il faut que les boîtes de cachous adhèrent bien…

— Quand je pense que je pourrais être tranquillement chez moi à regarder la téloche ou à jouer sur mon ordinateur, et qu'au lieu de ça je m'apprête à étaler de la bouse avec une spatule ! Les bras m'en tombent, c'est bien simple… »

Ils patientèrent devant le sarcophage sans plus échanger une parole, leur outil à la main. L'attente était interminable. Mais tout à coup, Théophile réveilla son camarade qui commençait à papilloter des yeux, en s'écriant :

« Top départ ! Étape numéro deux ! »

Au vingt-huitième centième de l'heure, enduire le sarcophage avec l'excrément du mammifère cornu appelé vache laitière.

Les comparses se penchèrent tour à tour sur la boîte de bouse pour y prélever de larges portions crémeuses qu'ils étalèrent à la surface du sarcophage. L'odeur pestilentielle de l'excrément écrasé leur serra aussitôt la gorge d'une manière atroce, et Bonaventure dut prendre sur lui pour ne pas tout laisser en plan et s'enfuir dans les bois. Après cinq minutes de travail acharné, le sarcophage était uniformément recouvert d'un crépi brun-vert d'aspect irrégulier qui empestait à donner mal au cœur. Théophile recula d'un pas pour contempler le chef-d'œuvre, et s'exclama avec enthousiasme :

« Superbe ! On dirait une bouse de Diplodocus !

— Pourquoi ? Ils chiaient des bouses rectangulaires, les Diplodocus ?

— Non, bien sûr. Je faisais allusion à la taille. Mais trêve de bavardage, l'étape suivante commence dans quatre minutes ! Prends-toi une provision de boîtes, histoire de gagner du temps… »

Au quarante-troisième centième de l'heure, disposer les disques métalliques émaillés de jaune sur toute la surface du sarcophage en les pressant allègrement sur l'excrément frais.

Les deux jeunes gens commencèrent à répartir les boîtes de cachous vides sur l'odorant crépi brun-vert, en tordant le nez et en se maudissant de n'avoir pas prévu de pinces à linge. Théophile éprouva quelques difficultés avec ses premières boîtes, qui refusaient d'adhérer au sarcophage et retombaient dans l'herbe à ses pieds.

« Presse-les allègrement sur la bouse, comme indiqué dans la recette ! lui conseilla son camarade. Tu fais une tête sinistre. Comment veux-tu qu'elles collent dans ces conditions ? »

Le blondinet reprit plus calmement, en se forçant à sourire. Et de fait, plus aucune boîte ne quitta l'espace assigné. Au bout d'un quart d'heure, le sarcophage était recouvert d'une myriade de disques jaunes qui lui donnaient l'allure d'un gros insecte extraterrestre. Il s'agissait à présent de connecter toutes les boîtes entre elles avec le fil de fer, selon le schéma compliqué du croquis numéro un. Bonaventure attrapa la paire de pinces coupantes glissée dans la poche arrière de son pantalon, cependant que son camarade se penchait sur la grosse bobine de fil de fer posée à ses pieds.

Au soixante-douzième centième de l'heure, relier entre eux les disques avec des morceaux de fil de fer (Cf. croquis n° 1).

Les trois premières minutes du quart d'heure dont ils disposaient pour établir ce câblage furent assez confuses. Le stress du temps imparti était tel qu'ils commencèrent par agir en dépit du bon sens, se disputant le croquis et se marchant sur les pieds. À un moment donné, Théophile décolla quatre boîtes d'un coup en tirant malencontreusement sur un morceau de fil avec sa pince. Puis Bonaventure entra dans des transports de rage parce qu'il ne parvenait pas à connecter correctement la boîte numéro vingt-huit. Le blondinet lui conseilla « de montrer davantage d'allégresse dans le travail » et s'attira une réponse si ordurière qu'il manqua en lâcher sa paire de pinces. Il se remit au travail sans plus piper mot, attendant que son camarade se calme de lui-même, ce qui ne manqua pas de se produire au bout d'un moment. L'étape fut bouclée in extremis, quelques secondes avant le gong de la cinquante-huitième minute.

« On est dans les temps ! hurla Théophile en se précipitant vers le chalumeau avec son briquet. Pose les morceaux de fil amont et aval sur la boule de cristal, j'allume le chalumeau… »

Au quatre-vingt-dix-septième centième de l'heure, incorporer par fusion les morceaux de fil de fer amont et aval dans la boule de cristal disposée à l'intérieur du sarcophage (Cf. croquis n° 2).

Une vive lueur blanche s'irradia dans les ténèbres de la clairière au moment où le jeune garçon actionna la molette du briquet devant la buse du chalumeau.

Selon un geste vingt fois répété, il dosa son mélange de gaz avant de se pencher vers l'intérieur du sarcophage. Bonaventure, qui avait passé une paire de gants de jardinier afin de protéger ses précieuses mains de flûtiste, tenait les deux morceaux de fil de fer terminaux soigneusement posés sur la boule de cristal. La pâle amande blanche de la flamme effleura la surface de la sphère, qui se mit à rougir puis à bouillonner comme du caramel en fusion.

« Plonge les fils dans la pâte de verre, Bonav ! Vite, avant que la boule n'ait complètement fondu !… »

Le jeune Antillais s'exécuta avec une parfaite maîtrise, et son camarade put enfin couper l'arrivée du gaz et contempler leur œuvre à la lueur de la grosse lampe bleue. Les fils de fer se trouvaient incorporés dans la boule de cristal selon l'angle exact du croquis numéro deux. Un bien beau travail, digne du maître verrier Ugolino Zanardi lui-même !

« C'est bizarre, continua l'apprenti soudeur en balayant sa mèche blonde d'un revers de main. Je m'attendais à une réaction spectaculaire au moment de la connexion. Ça me déçoit un peu qu'il ne se soit rien produit. Peut-être qu'on s'est trompé quelque part… »

Bonaventure lui enjoignit de se pencher sur le sarcophage pour observer la boule d'un peu plus près. Un point lumineux rouge palpitait à présent dans l'épaisseur du cristal boursouflé, s'enflant et ondoyant à la manière de ces fleurs de papier japonaises déroulées dans l'eau. Les deux jeunes gens demeurèrent quelques instants interdits devant ce phénomène. Puis le jeune Antillais recula brusquement de trois pas en s'exclamant :

« Écartons-nous vite de là avant que ça nous pète à la figure ! »

Théophile haussa les épaules et se pencha davantage vers la boule.

« Elle est devenue toute rouge… Elle palpite comme un cœur... Viens voir ça, Bonav. C'est magnifique…

— Je la vois de loin, ça me suffit. Prends garde que ce bidule ne t'hypnotise ! Souviens-toi de la forme-pensée… »

Le blondinet, qui n'avait cure des mises en garde de son ami, demeura une longue minute penché sur la mystérieuse lumière rouge baignant les parois du sarcophage. Puis, tout à coup, il se redressa et fit volte-face : Bonaventure venait d'éternuer !

« Qu'est-ce qui t'arrive ? Tu rechutes ?

— Oui. Mon allergie me rebrend… Heureusement que j'ai bensé à emborder mon tube d'Ibéca ! Je vais me soigner tout de suide, ne t'inquiède pas… »

Joignant le geste à la parole, il tira de sa poche un petit tube bleu à capuchon doseur et s'auto-administra plusieurs billes de sucre blanc. Son camarade le regardait faire en hochant la tête d'un air sceptique.

« Ça agit dans quel délai, ce remède ? Pas trop lentement, j'espère ? !…

— C'est variable. Dix binutes, environ…

— Va donc préparer ta flûte et tes partitions. Pendant ce temps, je regroupe nos affaires. On embarquera dès que tu iras mieux… »

Les deux jeunes gens vaquèrent chacun à leurs occupations. Un très beau clair de lune baignait les cimes des arbres, qui semblaient peintes à l'encre de Chine sur un dais de velours sombre pailleté d'or. Après avoir chargé le sarcophage, Théophile jeta quelques pelletées de terre sur le feu. Le mois d'août avait été fort sec, et un minimum de prudence s'imposait. Comme il repliait sa pelle américaine, son camarade s'exclama :

« Je crois bien que ça y est ! Mon nez ne me chatouille plus ! La crise est passée…

— Grimpe vite à bord, et allonge-toi la tête du côté de la boule de cristal. Moi, je me coucherai derrière toi en chien de fusil…

— Et ma grosse lampe bleue, on ne la prend pas ? Je vais en avoir besoin pour lire les partitions…

— Trop encombrante. Tu déchiffreras à la lueur de la boule…

— De mieux en mieux ! Je vais peut-être devoir

aussi jongler avec trois balles tout en jouant, histoire de corser encore la difficulté ?

— Je ne suis pas responsable de l'exiguïté du sarcophage ! J'ai respecté les indications du plan. Tiens, mets ça, c'est indispensable pour se protéger les yeux... »

Il lui tendit la paire de lunettes roses en forme de cœurs empruntée à Marie. Le jeune Antillais la souleva devant lui d'un air incrédule et la considéra longuement.

« Qu'est-ce que c'est que ce truc ? demanda-t-il.

— Des lunettes de soleil. La recette indique de se protéger les yeux avant d'entrer dans le sarcophage. Et comme je sais que tu as perdu tes lunettes de soleil en faisant du surf à Basse-Terre...

— Tu te fous de moi, ou quoi ? Je viens de te dire que je manquais de lumière, et tu me tends des lunettes fumées ! Garde-toi-les, tes cœurs roses ! Je jouerai sans, ou pas du tout !

— Et si le dégagement lumineux te brûle les rétines, on fait quoi ? »

Bonaventure marqua un temps et se frotta pensivement le menton.

« Tu n'as qu'à t'arranger pour me les mettre sur

le nez au dernier moment, après que j'aie joué le morceau. C'est la seule solution...

— Marché conclu. Tu peux compter sur moi... »

Ils se claquèrent la paume, puis entrechoquèrent leur poing et se serrèrent la main.

« Mais entendons-nous bien, précisa le jeune Antillais. Pas question que je chausse les lunettes en forme de cœurs ! Tu me prêteras tes Ray-Ban ! Sinon, tu pourrais fort bien recevoir un coup de flûte derrière les oreilles ! À bon entendeur, salut... »

À la demi de minuit, après un ultime coup d'œil au monde extérieur, les apprentis hyperchimistes embarquèrent à bord du sarcophage, dont il refermèrent soigneusement le couvercle. Bonaventure s'allongea à plat ventre et disposa ses partitions le plus près possible de la boule lumineuse rouge, qui continuait de palpiter dans la pénombre. Théophile, recroquevillé derrière lui, avait chaussé les lunettes roses. Il attendait avec impatience la suite des événements.

« Alors, c'est bien compris ? Nous devons revenir quatre jours en arrière. Par conséquent, tu dois jouer quatre fois de suite l'air numéro seize. Pas le quatorze, surtout ! On ferait un bond de quatre mois dans le passé et on se retrouverait en pleine période scolaire...

— T'inquiète, je suis parfaitement au point. Accroche-toi, ça va décoiffer ! »

Le flûtiste se fourra deux boules de coton dans les oreilles et porta son instrument à ses lèvres. L'instant d'après, les premières notes aigrelettes de l'air hyperchimique envahissaient l'espace confiné du sarcophage. Théophile regretta aussitôt de n'avoir pas emporté de coton. Les parois de bois blanc faisaient caisse de résonance, et la cacophonie arkandiesque s'en trouvait augmentée dans des proportions atroces. Et, pour comble de malchance, impossible de se boucher les oreilles : l'exiguïté de l'habitacle interdisait tout mouvement. Ça allait être dur, de tenir le coup dans des conditions pareilles ! Pour ne pas céder à la panique, il ferma les yeux et s'efforça de faire le vide dans son esprit. Sa volonté devait être d'airain, comme à vélo dans les côtes, lorsque les cuisses lui faisaient mal et qu'il tenait pourtant bon jusqu'au sommet sans poser pied à terre. « Pense à autre chose ! se dit-il à lui-même en serrant tout à la fois les dents et les poings. À Schumann, par exemple, ou à Jean-Louis Murat... »

Un calme relatif commençait à le gagner lorsque les premiers effets vibratoires se firent sentir sur l'enveloppe externe du sarcophage. Ce furent tout d'abord de petits crachotements diffus zébrant une sorte de nimbe rougeâtre. Puis un grésillement bas et sourd, qui s'amplifia de manière insidieuse tandis que l'engin tout entier entrait en vibration. C'était en vérité un spectacle singulier que celui de ce gros insecte caparaçonné de métal qui vrombissait dans l'obscurité des bois au sein d'un mystérieux halo de brume rouge. Un faisan immobile à l'orée de la clairière observa quelques instants le phénomène d'un œil perplexe : il n'avait jamais rien vu de semblable ! Comme le flûtiste négociait un passage particulièrement délicat, une odeur d'ozone se répandit dans l'habitacle, et l'air se chargea de particules multicolores qui se mirent à crépiter autour des deux jeunes gens. Le moment du transit approchait, et Théophile réalisait avec horreur qu'il ne pourrait poser la paire de Ray-Ban sur le nez de son camarade au moment de l'embrasement lumineux, coincé comme il l'était entre les parois de bois blanc. Il allait devoir soulever légèrement le couvercle. Pourvu que l'expérience n'en soit pas gâchée ! Péniblement, sa main droite rampa sur sa cuisse en direction de sa poche. Encore un centimètre, et il serait à même de pincer les branches des lunettes entre ses doigts. Cependant, l'ionisation augmentait dans l'habitacle, et les crépitements multicolores commençaient à s'organiser devant eux à la manière des motifs géométriques d'un gigantesque kaléidoscope. C'est à cet instant que l'action du médicament homéopathique toucha à son terme et que Bonaventure stupéfait sentit un terrible picotement lui venir aux narines. Il lutta tant qu'il put contre ce coup du sort, puis, de guerre lasse, rejeta la tête en arrière et éternua dans sa flûte avec un gros Pouët ! Théophile, incrédule, se souleva sur les coudes, tandis que l'habitacle devenu blanc et lumineux absorbait son camarade dans des épanchements de clarté supraterrestre. « Ferme les yeux, Bonaven-ture ! » eut-il le temps de lui hurler avant que l'hypersphère inverse ne les happe. L'instant d'après, la clairière était vide et les bois plus sombres que jamais.

7
Garde à vue à Montespan

L'AUBE commençait à poindre lorsque Théophile reprit conscience. Il ouvrit les yeux, regarda autour de lui avec inquiétude, puis se pencha vers son camarade en disant :

« Debout, mon vieux ! Tout va bien. On ne s'est pas perdu dans le cosmos jumeau… »

Pour toute réponse, le jeune Antillais fit entendre un grognement de pithécanthrope. Il était encore tout ensommeillé. Mieux valait le laisser terminer sa nuit. Écartant les bras pour bâiller après s'être gratté la tête, le blondinet réalisa tout à coup une chose singulière : les parois de l'habitacle n'étaient plus aussi rapprochées l'une de l'autre que la veille au soir. Il lui fallait tendre les bras au maximum pour les toucher ! Il baissa les yeux vers le plancher de bois, et une énorme paire de lunettes roses lui tomba sur les genoux. Ses lunettes avaient grandi, elles aussi ! Plus singulier encore, les manches de ses vêtements étaient à présent trop longues de dix bons centimètres ! Que s'était-il donc passé ? Il secoua Bonaventure pour le forcer à se lever, car il voulait le prendre à témoin de ces prodiges. Ce dernier ouvrit brusquement les yeux et jeta un cri à la vue de son camarade, qui fit de même de son côté. Les deux jeunes gens venaient d'éprouver un choc à la vue de leur apparence physique respective, et pour cause : ils avaient rajeuni de quatre ans !

Rejetant d'une bourrade le couvercle du sarcophage, ils bondirent dans l'herbe et s'écartèrent l'un de l'autre de quelques pas. Mais comme ils marchaient sur leurs pantalons trop longs, ils ne purent aller bien loin et furent forcés de s'arrêter. Passé le premier moment de stupeur, Théophile risqua un second coup d'œil en direction de son camarade. Était-il possible que ce petit garçon de sept ans aux yeux noirs et aux cheveux crépus fût Bonaventure ? Grand Dieu, non ! Pourtant, à bien y regarder, la ressemblance était évidente : même rondeur de la bouille, même aspect charnu des lèvres, même front bombé.

« C'est bien toi, Bonav ? demanda-t-il enfin. Mais qu'est-ce qui t'est arrivé ? »

Le jeune Antillais ne répondit pas tout de suite, occupé qu'il était à opérer les mêmes déductions de son côté. Ce petit blondinet à la peau mate et aux cheveux tondus qui se tenait debout devant lui dans ses habits trop grands n'avait rien de commun avec le Théophile qu'il avait connu. Cependant, l'ovale du visage, le dessin de la bouche et l'expression même du regard demeuraient inchangés. Sa stupeur était telle qu'il en oubliait de fermer la bouche, montrant un sourire dévasté par la perte de plusieurs dents de lait.

« Théo ? Qu'est-ce qui s'est passé ? Tu as pris un coup de jeune incroyable ! Je ne te reconnais plus…

— Et toi, alors ? Tes nattes ? Tes dents ? Et puis, tu nages dans tes fringues ! Ma parole, si tu voyais ta touche…

— Et toi, la tienne ! On t'a tondu la boule ! Oh, c'est vraiment comique ! Excuse-moi, mais... Oh Oh Oh... Je crois que j'ai un accès de rire nerveux... »

Le jeune Antillais se courba à l'équerre et commença à hoqueter en se tenant les côtes. La situation n'avait rien de comique, mais, bizarrement, Théophile sentit un large sourire s'épanouir sur son propre visage. Après quelques instants, il roulait lui aussi dans l'herbe, laissant libre cours au déchaînement de ses zygomatiques. Les deux jeunes gens manquèrent mourir à force de soubresauts. À chaque nouveau regard qu'ils échangeaient, les spasmes réitéraient, convulsifs. Il leur fallut dix bonnes minutes pour reprendre leur sérieux.

« C'est vraiment... incroyable... comme mésaventure ! dit enfin le blondinet d'une voix entrecoupée, tout en essuyant avec sa manche trop longue les larmes qui perlaient à ses paupières. Si on racontait ça... à nos potes du lycée... on se ferait... foutre de nous...

— J'ai éternué dans la flûte ! confirma son camarade qui commençait lui aussi à se calmer. Ce doit être pour ça qu'on est remonté trop avant dans le passé...

— Question apparence physique, on n'a pas gagné au change ! Tu as une grosse touffe de laine au sommet du crâne, et il te manque plein de dents sur le devant. Dommage que je n'aie pas pensé à prendre mon appareil photo...

— Permets-moi de te dire que, question dentition, tu n'es guère mieux loti que moi. Tu as le sourire en touches de piano, une blanche, une noire... En plus, le coiffeur t'a tondu comme un moine. On dirait Steve Mc Queen dans *Papillon*, lorsqu'il sort du bagne, édenté par le scorbut...

— Il ne fait pas bon rajeunir, décidément. Foutons vite le camp d'ici ! Cap sur le futur... »

Ils se rapprochèrent du sarcophage en faisant de grands pas clownesques dans leurs pantalons surdimensionnés.

« Heureusement qu'on a gardé notre maturité intellectuelle de lycéens, nota Bonaventure tout en se hissant sur la pointe des pieds pour atteindre l'habitacle. Imagine qu'on ait régressé aussi au niveau mental : on n'aurait plus été capables de faire marcher le sarcophage. Bloqués ici dans nos fringues trop grandes, avec tout le parcours scolaire à se retaper…

— L'horreur ! Je frémis rien que d'y penser…

— Fais-moi la courte échelle, j'ai les jambes trop courtes. Je te donnerai la main une fois à bord. »

Ils s'entraidèrent pour prendre place dans le gros véhicule, où une assez mauvaise surprise les attendait : la boule de cristal s'était éteinte. Bonaventure y vit tout de suite un mauvais présage. Mais son camarade rabattit le couvercle du sarcophage en lui disant de jouer comme si de rien n'était. Le jeune Antillais disposa ses partitions sous un rayon de lumière filtrant entre les planches disjointes de l'habitacle et se mit à moduler son affreuse petite musique hyperchimique. Hélas, l'aigrelette mélopée demeura sans effet. Les deux jeunes gens échangèrent un regard qui en disait long sur le désarroi dans lequel cette panne inopinée les plongeait. Quelque chose s'était détraqué durant le transit. Ils se trouvaient bloqués dans le passé, sans espoir de retour. Bonaventure porta de nouveau la flûte à ses lèvres et fit une seconde tentative, sans plus de succès. Pas le moindre frémissement sur les parois de bois blanc !

« On fait quoi ? demanda-t-il alors en se tournant vers son camarade. On se laisse mourir de faim dans les bois ou on rentre chez nous ?

— On rentre, rétorqua le blondinet en repoussant d'une bourrade le pesant couvercle. À quoi bon s'entêter ? C'est sans espoir, de toute façon...

— Entendu. Mais pour commencer, il faut qu'on trouve des vêtements à notre taille. Débarquer comme ça en ville, c'est des coups à se faire envoyer à l'asile de fous...

— Dans les films d'évasion, les prisonniers en fuite trouvent toujours de quoi se vêtir sur une corde à linge. On pourrait peut-être essayer de faire pareil...

— Et tu comptes emprunter quoi, dans cette cambrousse ? Un bleu de travail et une paire de bottes en caoutchouc ? Je préfère encore garder mes habits trop grands, excuse-moi...

— Pfff ! Ta coquetterie te perdra... Quittons la clairière et rejoignons la route. On avisera en chemin. »

Ils coupèrent à travers un champ de seigle et prirent le chemin du village, s'arrêtant tous les trente mètres pour retrousser leurs bas de pantalons ou récupérer une basket perdue. Comme ils traversaient la place de la mairie, une fourgonnette bleue pila à leur hauteur. Quatre gendarmes en bondirent et s'avancèrent aussitôt dans leur direction en se frisant la moustache et en échangeant des conseils tactiques.

« Je crois que c'est après nous qu'ils en ont ! s'exclama Théophile dans un accès de clairvoyance. Barrons-nous vite, et chacun pour sa peau… »

Bonaventure ne se le fit pas dire deux fois et détala comme un lapin sur l'esplanade, cependant que son camarade prenait la fuite dans la direction opposée. Les vaillants militaires n'eurent aucun mal à rattraper ces fuyards malhabiles qui clopinaient dans leurs habits trop grands. Ils les ramenèrent vers le fourgon en leur enjoignant de cesser de se débattre, puis démarrèrent dans un crissement de pneus et un fracas de sirène à deux tons.

Après quelques minutes de parcours, le gros véhicule obliqua dans une ruelle et se gara à cheval sur le trottoir devant l'entrée de la brigade. On fit descendre les deux prévenus et on les conduisit au premier étage, où on les installa dans une pièce d'aspect peu engageant. Personne n'avait daigné

MAIRIE

leur fournir le moindre mot d'explication durant le trajet, et ils commençaient vraiment à se faire du souci. Que leur reprochait-on, au juste ? Les gendarmes étaient-ils au courant, pour le sarcophage ? Avaient-ils déjà repéré ce dernier dans le bois ? Si oui, c'était une catastrophe ! L'armée ne manquerait pas de disséquer l'engin pour tenter d'en percer les mystères. Et comme son fonctionnement constituait un défi aux lois de la physique, on en viendrait immanquablement à leur poser toute une série de questions, et peut-être même à les passer à tabac malgré leur jeune âge ! Et pour finir, on les enverrait croupir au cachot, comme n'importe quels espions ! Voilà où conduisait la magie rouge ! À des catastrophes, encore et toujours ! Ils auraient dû le savoir, pourtant. Mais leur entêtement était tel que rien ne leur servait de leçon.

Après avoir complaisamment battu leur coulpe, les deux jeunes gens décidèrent de combiner un plan de défense. Plus que jamais, il fallait se serrer les coudes : leur liberté en dépendait.

« S'ils te parlent de sarcophage, conseilla Théophile, prends un air étonné. Tu as sept ans, tu ignores le sens de ce mot…

— Et s'ils me tirent les oreilles, ou s'ils m'enfoncent des éclats de bambou pointus sous les ongles, je fais quoi ?

— Tu hurles, parce que ça fait mal. Mais ils ne feront jamais ça ! Ces types sont censés faire respecter la loi. Ils ne vont pas l'enfreindre eux-mêmes… »

Le jeune Antillais secoua tristement sa houppette de laine.

« Dieu t'entende. En tout cas, s'ils font mine d'en venir aux bambous, je préfère tout dire. Je me suis foutu une écharde sous un ongle, une fois, il y a des années : j'ai cru que je tournais de l'œil ! Une douleur atroce ! Le bout des doigts, il n'y a rien de plus sensible… »

Il n'eut pas le temps d'en dire davantage, car le pêne de la serrure claqua de nouveau dans la gâche. On venait les chercher pour les conduire vers leur destin. Le gendarme qui les escortait, un géant à bacchantes gauloises, n'était pas très loquace. Mais il avait bon fond, et tout en les faisant asseoir sur deux chaises face à un bureau encombré de dossiers, il s'exclama d'une voix bourrue:

« On peut dire que vous nous avez fait courir,

tous les deux ! Qu'est-ce qui vous a pris, de quitter l'école sans prévenir personne ? Vous comptiez aller où, comme ça ?... »

Le blondinet battit des cils et pinça discrètement la cuisse de son camarade. C'était donc ça ! On les avait arrêtés pour fugue, et non à cause du sarcophage. Alléluia ! L'engin était donc toujours à l'abri dans le bois de Montespan !

« Moi et mon copain, on jouait au carnaval de Venise, répondit-il en prenant volontairement une toute petite voix fluette de garçonnet. On s'est déguisé avec des habits trop grands et on est allés défiler dans la campagne. On n'a pas vu passer le temps... »

Le ton de la réplique était si inhabituel et comique que Bonaventure éclata de rire comme un imbécile. Mais il se reprit bien vite en voyant que son camarade le fusillait du regard. Ça n'était pas le moment de gaffer, sacrebleu !

« On va vous prendre en photo, puis vous nous raconterez en détail toute cette histoire de carnaval et de déguisements, reprit le gendarme moustachu. Ensuite, on préviendra vos parents...

— Pourquoi on ne les appelle pas tout de suite ?

demanda Bonaventure sur un ton voisin de celui qu'avait adopté Théophile l'instant d'avant. Ma mère doit être inquiète. Je voudrais bien qu'elle soit là…

— Tu la verras en temps voulu, mon petit bonhomme. Si je la préviens maintenant, elle va débouler comme une hystérique et il n'y aura plus moyen de travailler. Je connais la musique, tu comprends. J'ai quinze ans de métier… »

Les deux jeunes gens se laissèrent photographier dans leurs habits trop grands, puis interroger longuement par un gendarme à cheveux blancs qui portait des galons dorés sur les manches de sa veste. Théophile n'eut aucun mal à broder sur le thème du carnaval, car c'était un menteur né, à l'aise avec les mots. Naturellement, il prit soin d'adapter son vocabulaire à son âge pour ne pas éveiller les soupçons du militaire. Quant à Bonaventure, il reçut un coup de coude dans les côtes chaque fois qu'il se contredisait, ce qui lui permit d'arriver tant bien que mal au terme de sa déposition. Comme il restait court à un moment donné, il eut l'inspiration géniale de fondre en larmes, ce qui donna l'occasion aux deux jeunes gens de savourer un verre de limonade bien fraîche que leur servirent les gendarmes attendris. Puis le vieillard galonné qui les avait interrogés décrocha enfin son téléphone pour prévenir les familles. L'instant était solennel ! Les deux jeunes gens frémissaient à l'idée que bientôt ils seraient confrontés à des parents rajeunis de quatre ans, c'est-à-dire à des gens disparus depuis belle lurette, presque à des inconnus. Quand on y pensait, cette situation avait quelque chose d'effrayant.

« J'ai les foies ! murmura le jeune Antillais tout en rotant discrètement sa limonade. Vise ma dégaine et ma tignasse ! À coup sûr, ils ne vont pas me reconnaître…

— Mais si, voyons. La tête que tu as aujourd'hui, c'est celle qu'ils te connaissent, justement ! Essaye de te mettre dans la logique des choses. Fais un effort, quoi…

— Tu as raison. J'ai sept ans, et j'apprends à lire. Mais j'y pense : dans quelle classe on est, à cet âge ?

— En cours élémentaire première année, pourquoi ?

— Pour rien. J'espère juste qu'on ne sera pas forcé d'y retourner. »

La maman de Bonaventure arriva la première à la brigade. Elle n'avait pas trop changé, si ce n'est au niveau de la coiffure. Détail amusant : elle portait dans les cheveux un foulard tout neuf que Théophile connaissait bien pour en avoir vu des lambeaux autour du cou de son camarade dans la cour du lycée. Après avoir jeté plusieurs cris déchirants et débobiné tout un chapelet d'exclamations créoles, elle fondit en larmes et se précipita vers son petit garçon, qu'elle pressa longuement sur son corsage. Bonaventure en était presque suffoqué, et il regardait Théophile en coin d'un air éloquent. Le blondinet ne put se retenir de rire à ce spectacle de son ami étouffé entre deux gros seins.

« Qui est ce petit garçon qui rigole ? demanda alors madame Doulouméo en se tournant vers lui. S'agit-il de l'autre petit fugueur, celui qui accompagnait mon fils ? »

Cette question stupéfia Théophile, dont le rire s'acheva dans une quinte de toux. Madame Doulouméo ne le reconnaissait pas ! Il fronça les sourcils et se mit à cogiter intensément. La vérité lui apparut alors dans un éclair : quatre ans plus tôt, Bonav et lui n'avaient pas encore lié amitié car ils ne fréquentaient pas la même école. Par conséquent, madame Douloumé o le rencontrait aujourd'hui pour la première fois. Voilà pourquoi elle se montrait si froide. Mais alors, si son ami et lui étaient deux parfaits étrangers l'un pour l'autre, ils allaient bientôt être séparés ! Cette conclusion logique acheva de le consterner, et il sentit deux grosses larmes lui monter aux yeux.

« Ne pleure pas, petit, fit gentiment la maman de Bonaventure en lui caressant la tête. Tes parents ne vont pas tarder, tu vas voir... »

Et en effet, un coup de sonnette succéda comme par magie à ces paroles consolatrices. Le planton se précipita dans le couloir en disant : « Quand on parle du loup... », cependant que Théophile se mouchait dans sa manche en essayant de se reprendre. Il achevait de mettre au point les paroles qu'il comptait dire à Marie pour la calmer, lorsque, contre toute attente, une silhouette masculine s'inscrivit dans l'encadrement de la porte. C'était son père, et non sa mère, qui venait le chercher ! Il balaya mentalement, en une fraction de seconde, toutes les modifications que ce retour en arrière de quatre ans entraînait dans sa propre vie, et réalisa cette chose stupéfiante : ses parents n'avaient pas encore divorcé ! Papa vivait à la maison !

Passé le premier moment de stupeur, il sauta de sa chaise et courut se jeter dans les bras d'Émilio pour l'embrasser sur les deux joues, tandis que le gros gendarme moustachu de tout à l'heure tirait discrètement son mouchoir de sa poche. Bonaventure en était comme deux ronds de flan. Il n'avait jamais eu l'occasion d'être présenté au père de son camarade auparavant, et l'aspect juvénile de ce dernier le frappait. On lui aurait donné vingt-cinq ans ! En outre, il ressemblait étonnamment à Théophile : même yeux noirs veloutés, même teint mat et même bouche mince. Théo avec une barbe de trois jours et une longue chevelure bouclée ! Un choc incroyable !

« Bonjour, m'sieur, lui dit-il, incapable de résister au désir de le saluer. J'ai beaucoup entendu parler de vous...

— Bonjour mon garçon, répondit Émilio surpris. Tu es un ami de Théophile ?

— Pas exactement, bredouilla le jeune Antillais, conscient du fait qu'il venait de s'engager sur une pente savonneuse. On se connaît depuis peu, mais on a beaucoup parlé et…

— Tu viens, p'pa ? intervint Théophile en tirant son père par la manche afin d'écourter la conversation. J'en ai marre d'être ici. J'aimerais rentrer à la maison… »

Les parents des deux jeunes fugueurs s'acquittèrent rapidement de toutes les formalités d'usage, puis chacun s'en fut de son côté. Émilio reconduisit son petit garçon vers la voiture en lui expliquant que Marie n'avait pas encore pu être jointe, parce qu'elle se trouvait dans le train de Paris à cette heure-ci.

« Je lui ai laissé un message sur son portable. Elle en sera quitte pour prendre un train dans l'autre sens. Ça te dirait d'aller manger une glace chez Aprile ?

— Oh oui ! s'exclama Théophile avec un enthousiasme sincère. Une glace au melon, avec beaucoup de chantilly ! J'adore ça, moi, la glace au melon…

— On se mettra en terrasse sous un marronnier, et tu me raconteras tout ce que tu as fait durant ton escapade avec ton ami Bonappétit. Ça m'intéresse beaucoup, d'entendre vos exploits…

— Bonaventure, p'pa. Il s'appelle Bonaventure. J'aimerais le revoir, si c'est possible. On a bien sympathisé, tous les deux…

— Entendu, on l'invitera à la maison. Où l'as-tu rencontré ?

— Au judo. Il est venu faire une séance d'essai, mais ça ne lui a pas plu. Son truc à lui, c'est plutôt la musique. Il apprend la flûte au conservatoire…

— Un artiste ? Ça ne me surprend pas. Il a une allure singulière, avec sa touffe de cheveux hirsutes sur la tête et ses habits incroyables… D'ailleurs, les vêtements que tu portes sont à lui, non ? Il faudra songer à les lui rendre…

— Ils ne sont pas à lui. On les a trouvés dans une caisse de costumes, au centre aéré. Ce sont des habits de grands. On voulait se déguiser, comme pour le carnaval de Venise. D'ailleurs, si ça ne t'embête pas, je préférerais passer me changer à la maison avant d'aller chez Aprile. J'en ai marre, de perdre mes chaussures et de marcher sur mes pantalons... »

Ils firent un petit crochet par la maison et trouvèrent un message de Marie sur le répondeur. Elle sanglotait d'émotion car elle venait d'apprendre la bonne nouvelle. Elle précisait qu'elle allait sauter dans le premier train pour les rejoindre. Tandis qu'Émilio patientait sous la véranda en fumant une cigarette, Théophile monta se changer. Il était tout à la joie d'avoir retrouvé son père et ne pensait plus, pour le moment, ni au sarcophage, ni à Bonaventure, la perspective d'une bonne glace au melon avec papa ayant balayé toute autre considération. Sa chambre avait peu changé, quant à l'essentiel. Même ameublement, même papier peint, même parquet vitrifié. Le tout en un peu plus neuf, naturellement. Il retrouva avec émotion sa couette Snoopy et sa collection de peluches poudreuses remisée au grenier depuis des années. Des jouets d'enfant sans intérêt jonchaient le sol : une grue en plastique orange, une ferme de bois peint avec sa basse-cour et ses écuries, une petite voiture radiocommandée. Il eut un mouvement de dépit en constatant que la bibliothèque avait disparu : tous ses chers livres n'étaient pas encore achetés ! Les soirées risquaient d'être longues, sans Pagnol ni Colette ! Mais quoi, il faudrait faire avec et voilà tout ! Sa déconvenue augmenta lorsqu'il ouvrit son armoire à la recherche de vêtements à sa taille : sa garde-robe était parfaitement ridicule et démodée ! Des couleurs criardes, des coupes approximatives, et pas un jean sans ourlets ni pièces aux genoux ! Pour un petit garçon soucieux d'élégance, le coup était rude. Il hésita longuement entre deux tee-shirts avant d'opter pour un modèle jaune frappé d'une effigie du Vengeur Masqué. Pfff ! Consternant ! Restait à choisir un pantalon, dilemme cornélien. Il passa successivement une chose bizarroïde en flanelle écossaise, une autre de velours à grosses côtes qui lui donnait un air de paysan espagnol et enfin un jean slovaque acheté en solde aux puces et dont les poches étaient cousues de travers, presque à hauteur de la braguette. Après mûre réflexion, il opta pour le jean et descendit chercher une paire de chaussures à la buanderie. Il fut sincèrement surpris par l'aspect de ses baskets, énormes paturons d'éléphant zébrés de noir et de blanc. Un truc à se faire foutre la honte dans la cour du lycée ! Était-il possible qu'à une époque passée, il ait eu si mauvais goût ? La mort dans l'âme, il chaussa les ridicules objets. Puis il fit quelques pas maladroits à travers la pièce, tel un cosmonaute arpentant la surface de la Lune. Un coup d'œil à la grande glace dorée pendue près de la chaudière acheva de le consterner, et c'est la tête basse et les épaules rentrées qu'il rejoignit son père dans le jardin.

8
De Charybde en Scylla

LES deux gourmands achevaient de déguster leur glace à la terrasse de chez Aprile lorsque Marie parut, bouleversée mais rayonnante, en robe blanche et espadrilles de corde. Elle avait trouvé le petit mot laissé par Émilio sur la porte de la maison et était venue directement, sans même prendre le temps de se débarbouiller. Le mélange de Rimmel et de larmes qui mâchurait son beau visage attirait l'attention des clients qui avaient levé le nez de leur coupe en la voyant paraître. Elle s'avança entre les tables sans leur prêter attention et enleva Théophile dans ses bras pour le serrer sur son cœur et le couvrir de baisers.

« Pourquoi es-tu parti avec ce petit garçon inconnu ? demanda-t-elle après quelques instants. Tu n'étais pas heureux, à la maison ?

— Si, m'man, répondit Théophile au bord des larmes. Très heureux. Ce n'est pas du tout ce que tu crois… »

Marie lui caressa la figure et les quatre membres, comme pour s'assurer qu'il était au complet. Puis elle le reposa sur sa chaise et prit place à côté d'Émilio qui s'enquit aussitôt de ce qu'elle désirait consommer. Dédaignant les glaces et les pâtisseries, la jeune maman opta pour un rhum Baccardy, boisson revigorante dont elle avait un urgent besoin. Tandis que son mari passait commande auprès du serveur, elle considérait son petit garçon d'un air pensif.

Elle n'était pas encore complètement remise de ses émotions.

« Mais enfin, s'exclama-t-elle tout à coup en allumant une cigarette, où avez-vous dormi, cette nuit ? Et que faisiez-vous en rase campagne à huit heures du matin ?

— On a joué au carnaval de Venise et on s'est endormi dans le bus du centre aéré, répondit Théophile, dont le mensonge s'enrichissait de détails inédits à chaque nouvelle répétition. Quand on s'est réveillé ce matin, tout le décor avait changé autour de nous. On se trouvait en pleine cambrousse ! Tu parles d'un choc !

— Le plus troublant, c'est que personne n'a remarqué la disparition du bus, commenta Émilio qui tenait ce détail des gendarmes. Le chauffeur assure même que les clefs n'ont pas quitté sa poche…

— C'est extraordinaire, tout de même ! s'emporta Marie. Et qui l'a déplacé, alors ? Pas les enfants, quand même ?…

— Oh non, m'man ! On en serait bien incapable. Nos jambes ne touchent pas les pédales…

— Peut-être qu'il s'ennuyait et qu'il est allé faire un tour à la campagne, histoire de se dégourdir les jantes, plaisanta Émilio pour détendre l'atmosphère. Comme dans ce film ou une voiture hantée partait toute seule écraser des piétons, les nuits de pleine Lune…

— Les voitures hantées, c'est de la blague !

objecta Théophile qui venait d'avoir une nouvelle idée. Je crois plutôt que des voleurs ont tenté de le dérober. Ils nous ont découverts endormis à l'arrière et ils se sont dit qu'ils risquaient d'être accusés de kidnapping. Alors ils ont pris peur et ils ont abandonné le bus en rase campagne. Ensuite, pris de remords, ils sont venus le rechercher pour le ramener au centre aéré. Mais nous, entre-temps, on avait disparu... »

Marie ne répondit pas tout de suite, car le serveur venait de paraître avec un verre de rhum orné d'une rondelle de citron. Elle but une lampée d'alcool, fit la grimace et rétorqua :

« Mouhais ! Je reste sceptique. Enfin, peu importe ! L'essentiel est qu'on t'ait retrouvé...

— Je pense exactement comme toi, dit Émilio soudain grave. Bois ton rhum et réjouissons-nous de cet heureux dénouement... »

Théophile prit la main de Marie sur la table et la baisa tendrement avant de faire de même avec celle de son père. Il se sentait parfaitement heureux en cette minute. Néanmoins, il ne perdait pas de vue l'essentiel, c'est-à-dire la mission de sauvetage des animaux défunts. Il se promit de rappeler

Bonaventure chez lui dès le lendemain matin pour mettre au point un plan de réparation du sarcophage endommagé.

« Que veux-tu manger, ce soir ? demanda Marie après avoir vidé, cul sec son verre. Des poissons panés en forme de dauphins avec une purée de carottes ? »

Théophile ouvrit de grands yeux et manqua gaffer en disant qu'il avait passé l'âge de jouer avec des croquettes de poisson. Mais les péripéties temporelles qu'il venait de vivre lui revinrent en mémoire juste à temps et il rétorqua en battant des mains :

« Oh oui, chic ! Des petits dauphins panés ! Papa me sculptera des vagues dans la purée de carottes pour imiter la mer, et je leur ferai faire toutes sortes d'acrobaties. Je sens que je vais bien m'amuser… »

Il attendit l'heure du repas en parcourant avec nostalgie les aventures de Babar l'éléphant, album fétiche de ses jeunes années. Comme il refermait le précieux album, Marie entra en coup de vent dans sa chambre, une serviette de toilette et un peignoir Titi à la main.

« Ouste ! fit-elle en ouvrant à deux battants l'armoire à linge pour y prendre un pyjama propre. Pose ton livre et suis-moi. C'est l'heure du bain…

— Déjà ? ! Mais il est à peine six heures trente !

— Et alors ? On se lave toujours à cette heure-là, non ? »

Théophile n'insista pas et suivit Marie dans la salle de bains. Il avait compris qu'il allait devoir se déshabiller devant elle et se laisser savonner de la tête aux pieds. Cette régression lui était pénible, car depuis des années il faisait sa toilette tout seul. Tant pis ! Après tout, ça n'était qu'un mauvais moment à passer. Il ôta ses habits en un tournemain et enjamba le rebord de la baignoire, qui, comme de juste, lui parut un peu plus haut que d'habitude.

« Est-ce que je peux régler l'eau moi-même ? demanda-t-il d'une toute petite voix. J'aime bien quand c'est très chaud…

— Tu sais te servir du mitigeur ? s'étonna Marie. C'est nouveau…

— À force de te voir faire, j'ai appris, expliqua le jeune garçon en positionnant d'une main habile la manette chromée. Je crois même que je pourrai me laver tout seul, désormais…

— Eh bien ! Montre-moi comment tu t'y prends. Et si c'est correct, tu feras ta toilette comme un grand à compter d'aujourd'hui... »

Théophile ne se le fit pas dire deux fois et empoigna la savonnette. Il se couvrit de mousse et frotta longuement tout son corps avant de se rincer sous le jet d'eau tiède. Marie n'en croyait pas ses yeux et appela aussitôt Émilio pour le prendre à témoins des progrès du jeune prodige.

« Formidable ! s'exclama ce dernier en regardant son fils se sécher à grands gestes vigoureux. Qui t'a appris à t'essuyer le dos en faisant aller et venir la serviette de cette façon ?

— Maman le fait toujours. Je n'ai eu qu'à l'observer. Les petits ne sont pas si bêtes qu'on croit… »

Pour achever de les stupéfier, il enfila lui-même son pyjama, un modèle en lycra orange orné d'une grosse tête d'autruche. Intérieurement, il se sentait un peu honteux de les duper de la sorte. Mais quoi ! Il n'allait tout de même pas se laisser baigner et pomponner comme un caniche à seule fin de ne pas éveiller de soupçons !

Comme sept heures sonnaient à la pendule de

l'entrée, tout le monde passa à table. C'était un peu tôt pour dîner, mais Théophile n'allait pas s'en plaindre : il mourait littéralement de faim, n'ayant eu droit en tout et pour tout qu'à un sandwich durant sa garde-à-vue. Une capsule vitaminée biologique et deux gélules d'huile de bourrache l'attendaient dans son assiette. Il retrouva avec émotion ses couverts d'enfant, le couteau et la fourchette à manche de plastique bleu et le verre à paroi double où mille paillettes multicolores flottaient dans un liquide transparent. Que de souvenirs ! Le repas se déroula sans incident notable, le jeune garçon ayant eu la présence d'esprit de bêcher un peu sa purée de carotte et de jouer avec ses dauphins panés pour plus de crédibilité. Sitôt la table débarrassée, il monta se brosser les dents. Comme sa mère s'étonnait de ce qu'il veuille faire ça tout seul, il répondit sèchement qu'il n'était plus un bébé et qu'il serait temps qu'on s'en aperçoive. Marie, stupéfaite, le laissa aller en lui conseillant simplement de bien frotter toutes les faces des dents et de ne pas prendre plus d'un cachet de fluor, faute de quoi on devrait le conduire à l'hôpital pour un lavage d'estomac.

Perché sur un tabouret dans la salle de bains, l'infortuné jeune garçon brossa les deux pousses de dents définitives qui ornaient sa bouche. La situation n'était guère reluisante. Il portait un pyjama ridicule, et ses parents le traitaient comme un simple d'esprit. Ça n'allait pas être commode d'échapper à leur vigilance le temps d'appeler Bonaventure au téléphone. Pauvre Boubou, sans doute était-il en train d'en baver des ronds de chapeau lui aussi. Ah ça ! La vie de bambin n'était pas drôle ! Il allait falloir mettre rapidement au point un plan de réparation du sarcophage, sous peine de sombrer dans la neurasthénie.

Comme il sortait de la salle de bains et s'apprêtait à descendre au salon regarder son émission télévisée favorite sur Canal Satellite, Marie lui tendit la main.

« Ne te donne pas la peine de descendre, mon cœur. Papa montera t'embrasser et te raconter une histoire dans cinq minutes. Il finit de débarrasser la table…

— Mais, bredouilla Théophile. Il est à peine huit heures. Je ne vais tout de même pas me coucher maintenant !

— Bien sûr que si, voyons ! C'est l'heure...

— Et mon émission sur Canal Satellite ? Le journal de Sigismond ? Je n'ai plus le droit de la regarder ?

— Quelle émission ? Quel Canal Satellite ? De quoi parles-tu ?

— Mais tu sais bien, les personnages en latex avec les gros nez, qui font des jeux de mots en rapport avec l'actualité...

— Je n'en ai jamais entendu parler. Quant à la télévision, tu connais la règle : jamais en semaine, sauf pendant les vacances ! Sinon tu dormiras en classe et tu deviendras bête comme un âne parce que tu n'apprendras plus rien...

— Comment ça, je dormirai en classe ? Tu ne veux pas dire que l'école a déjà repris !

— Tu te moques de moi ? Elle a repris voici quinze jours ! La purée de carottes te monte à la tête ! Ou alors tu as abusé du fluor, en dépit de mes recommandations... »

Théophile ne répondit pas tout de suite. Il était sous le choc de l'effrayante nouvelle qu'il venait d'apprendre et perdait le fil de ses idées.

« L'école a repris, répéta-t-il en secouant la tête

d'un air consterné. Je le savais, note bien... Mais je regrette tellement les vacances que, parfois, j'en arrive à l'oublier… »

C'était vraiment le pompon, cette histoire de rentrée des classes ! Non seulement l'éternuement de Bonaventure les avait projetés quatre ans dans le passé, mais de plus, il avait causé un décalage d'un mois et demi dans les dates ! Partis à la mi-août, ils se retrouvaient au trente septembre ! Et en cours élémentaire première année, pour couronner le tout ! Non mais ! Quelle journée de chien ! Le jeune garçon se sentait vraiment découragé et, pour un peu, il aurait fondu en larmes. Fort heureusement, Émilio parut et l'entraîna dans la chambre pour lui faire lire quatre pages des aventures de Pépito Biscottos, petit gibbon doté d'une force herculéenne. Cette prose valait son pesant de cacahuètes, c'était le cas de le dire. Mais tout du moins eut-elle le mérite de lui changer les idées. Comme il oubliait d'hésiter en déchiffrant, son père le félicita de ses progrès.

« Tu n'as jamais aussi bien lu que ce soir ! Pas une hésitation, pas une erreur. Je suis fier de toi… »

Il lui ébouriffa tendrement les cheveux et attrapa le vieil exemplaire corné des *Contes du chat perché* sur la table de nuit.

« Je te lis quoi ? *Le petit coq noir* ? *Les boîtes de peinture* ? *Le canard et la panthère* ?...

— Oh non ! Pas *Le canard et la panthère*, c'est trop triste ! *Les boîtes de peinture*, j'aime bien. Surtout quand les bœufs disparaissent et que seules leurs cornes continuent de flotter dans la pénombre de l'étable... Ça fait penser au chat de Chester dans *Alice au pays des merveilles*.

— Ah bon ? Et pourquoi ?

— C'est un chat dont le sourire continue de flotter dans l'air après qu'il soit devenu invisible...

— Tu m'en bouches un coin ! Je n'avais jamais entendu parler de lui. Qui t'a raconté l'histoire d'Alice aux pays des merveilles ? La maîtresse ?

— Euh ! Oui... mentit Théophile, comprenant qu'il venait de gaffer une fois de plus. C'est au programme de cette année. Enfin, en adaptation, car l'original est trop dur à lire... Bon, je t'écoute, p'pa. *Les boîtes de peinture*... »

Émilio s'allongea sur le lit à côté de son fils et commença son histoire en variant le ton et en changeant de voix pour chaque personnage. Dix minutes plus tard, il se leva pour aller éteindre la lumière et allumer la veilleuse posée sur le pupitre de bois verni.

« Pourquoi tu allumes la petite lampe ? bredouilla Théophile dans un demi-sommeil.

— Mais pour te faire plaisir, pardi ! Tu ne peux pas t'endormir sans…

— Oui, c'est vrai. Je suis fatigué. Je dis n'importe quoi. Bonne nuit, p'pa. »

9
La classe de madame Chantepie

LE lendemain matin, Théophile eut un moment de doute en ouvrant les yeux. Après tout, ses mésaventures de la veille n'étaient peut-être qu'un mauvais rêve ? Il se leva et tira les rideaux pour examiner sa chambre à la lumière du jour. Toutes sortes de jouets ridicules s'étalaient devant lui sur le parquet, et dans la glace de l'armoire se reflétait l'image d'un petit blondinet tondu en pyjama de lycra orange orné d'une tête d'autruche. « Bon, se dit-il. J'ai compris.

Le cauchemar continue... » Et, d'un pas résigné, il descendit à la cuisine prendre son petit déjeuner.

Émilio et Marie lui firent bon accueil. Un grand bol de flocons de blé chocolatés était déjà préparé pour lui sur la table. Le paquet s'ornait d'une effigie de singe et portait en lettres jaunes sur fond brun le slogan suivant : *Deviens grand et costaud, grâce aux céréales de Pépito Biscottos !* Décidément, le maléfique gibbon ne le lâchait pas d'une semelle ! Il prit place entre ses parents et mangea en feignant d'être mal réveillé, afin de n'avoir pas à parler. Puis, la mort dans l'âme, il remonta préparer son cartable. Comme Marie lui faisait observer qu'il allait devoir s'habiller en quatrième vitesse s'il ne voulait pas rater son bus, le jeune garçon redoubla de lenteur : il fallait absolument qu'il rate ce satané bus, au contraire, puisqu'il ignorait dans quelle école il était inscrit ! Il musarda tant et si bien qu'à moins cinq, il n'était toujours pas prêt.

« On va s'habiller ensemble, fit Marie en piochant à la hâte quelques affaires propres dans l'armoire. Ton père te déposera. Tu as raté ton bus... »

Rassuré, le blondinet condescendit enfin à faire preuve de bonne volonté. Il prépara son cartable et en profita pour jeter un coup d'œil à la leçon du jour, en l'occurrence la règle gouvernant l'emploi du « et » et du « est ». Puis il alla discrètement vérifier l'adresse et le numéro de téléphone de Bonaventure dans l'annuaire. Bien lui en prit, car l'un et l'autre avaient changé ! Il nota les coordonnées de son camarade dans la marge de son cahier de poésies et rejoignit son père dans le hall. Celui-ci était en train de tortiller un nœud de cravate approximatif dans la glace. Il avait revêtu un costume de lin sombre et mis une chemise blanche, élégance dont il n'était guère coutumier.

« Tu es très classe, p'pa ! commenta Théophile admiratif. Tu vas à un mariage ?

— Non, je déjeune avec des investisseurs australiens en vue d'un éventuel chantier à Sydney. Attends-moi au portail, je te rejoins dans une minute. Le temps de sortir la voiture du garage… »

Le jeune garçon opina du chef. Il connaissait par avance l'issue de l'entretien. Son père allait être envoyé aux antipodes pour une mission de trois ans, et ce serait le début de la catastrophe.

« Je suis sûr que tu vas leur faire bonne impression et que ta candidature sera retenue…

— Je touche du bois, nous verrons bien…

— C'est tout vu !

— Et qu'est-ce qui te rend si affirmatif ?

— Oh rien ! Simple pressentiment. Bon, je vais ouvrir le portail… »

Le blondinet sortit dans le jardin en ajustant sur ses épaules les courroies de son cartable. Il était un peu perplexe, tout à coup. Comme si un gros nuage venait d'obscurcir ses pensées.

Un moment plus tard, Émilio garait son coupé rouge en double file devant la façade drapée de vigne vierge de l'école Louis-Pergaud. Théophile hocha la tête à la vue de la vieille bâtisse de brique rose où il avait passé tant d'années. Toute cette histoire commençait décidément à manquer d'imprévu.

« Bonne journée, chaton ! fit son père en lui clignant de l'œil. À ce soir…

— À ce soir, p'pa, répondit Théophile. Et il se pencha vers Émilio pour l'embrasser sur la joue.

— Tu m'embrasses devant l'école ? C'est nouveau ! Je croyais que c'était la honte d'embrasser ses parents devant les copains ?…

— Pfff ! Les copains, je m'en fiche. D'ailleurs, je ne connais pour ainsi dire personne, ici. Tu as un peu de savon à barbe dans le creux de l'oreille. Pense à l'ôter avant ton rendez-vous. Ça la fout mal… »

Émilio jeta un coup d'œil dans le rétroviseur et ôta prestement le résidu de mousse sèche qui déparait son oreille. Puis il klaxonna son fils qui avait quitté la voiture et rejoint les autres enfants devant l'école. Après quoi il enclencha la première et disparut à l'angle de la rue Champlovier.

Le jeune garçon retrouva avec un mélange d'émotion et de dégoût la cour de récréation où il avait tant joué autrefois. Il commençait à comprendre que rien de ce qu'il avait déjà vécu ne lui serait épargné. Voyons, quel était le nom de son institutrice de l'époque ? Madame Chantepoulet ? Madame Chanteperdrix ? Un nom comique et ridicule, en tout cas. Il se prit le menton dans la main et commença à réfléchir intensément. C'est alors qu'un bambin édenté en blouson rouge et pantalons écossais s'avança vers lui, le cartable au dos.

« Salut Théo, fit-il en lui tendant la main. Tu as raté le bus ?

— Mon père passait devant l'école, répondit Théophile en touchant la main crasseuse de l'inconnu. Il a insisté pour me déposer…

— Et notre affaire, alors ? Tu l'as oubliée ?

— Quelle affaire ? De quoi parles-tu ?

— Mais de la rouste qu'on devait foutre à Paturel, voyons ! Ne me dis pas que ça t'est sorti de la tête…

— À vrai dire, si, admit le jeune garçon. J'ai reçu un ballon de cuir en pleine poire, hier au foot. Ça m'a court-circuité les neurones. Rappelle-moi un peu les détails de l'histoire. Et pour commencer, dis-moi ton nom, et celui de notre institutrice par la même occasion… »

Le bambin crasseux, qui n'était autre que Vindimian méconnaissable, eut tôt fait de mettre son camarade au courant de tout ce qu'il ignorait, ou plus exactement de lui rappeler tout ce qu'il avait oublié en quatre ans. Le nom de leur institutrice était Chantepie. Cette vieille demoiselle se décolorait la moustache à l'eau de Javel et portait des nattes, ce qui lui avait valu le surnom d'Olaf le Viking. Elle était un peu toquée bien sûr, mais très gentille dans l'ensemble. Paturel leur avait piqué un coutelas en plastique imitation ivoire, l'avant-veille à la récré, et ils étaient convenus de le corriger ce matin dans le bus. Enfin, une composition d'analyse logique était prévue pour quatorze heures, et rien que d'y penser, Vindimian se sentait défaillir, n'ayant jamais été capable de distinguer un sujet d'un verbe ou d'un complément.

Quand la cloche sonna, les deux gamins se précipitèrent vers l'escalier qui conduisait aux salles de classe.

Des senteurs de craie et de colle blanche parfumaient le couloir. Théophile accrocha son blouson à la première patère venue avant de pénétrer dans le temple de la connaissance sur les pas de son camarade, qui lui indiqua charitablement son pupitre, le dernier à gauche près de la fenêtre. Il y prit place avec un soupir d'aise et balaya du regard ses condisciples, espérant distinguer une tête connue. Hélas, si certains visages lui étaient vaguement familiers, quant à mettre un nom dessus, bernique ! Vindimian était son unique soutien au monde, pour l'heure. Cher vieux Vindimian ! Il lui fit un clin d'œil et commença d'étaler anxieusement ses affaires devant lui.

La matinée s'écoula au compte goutte, ponctuée par les interminables soliloques de madame Chantepie qui n'en finissait plus de caresser sa moustache ou de réordonner les plis de sa robe (un modèle apparemment coupé dans de vieux rideaux). Les propos décousus de la vieille demoiselle suscitèrent tout d'abord l'intérêt amusé de Théophile, puis sa consternation. Il se mit à regarder sa montre toutes les trois minutes, pestant intérieurement contre la lenteur de la trotteuse. Dehors, les feuilles des marronniers avaient commencé de prendre leurs teintes automnales. Trois gros pigeons boulimiques se disputaient un quignon de pain. Quelques moineaux intrépides sautillaient autour d'eux, fondant tout à coup sur une miette en des raids audacieux. C'était pitié que de devoir rester enfermer à écouter les sornettes d'une vieille dame gâteuse, quand on aurait été si bien dehors à respirer l'odeur des feuillages attiédis de soleil ! Après une courte période de marasme, le jeune garçon décida de se secouer et de mettre à profit cette période de réclusion forcée pour préparer un plan d'action. Il ouvrit son cahier de brouillon et tira un stylo feutre de sa trousse. Puis il ne fit plus rien que de griffonner des notes jusqu'à l'heure de la récréation.

Tandis que des cohortes de bambins surexcités déferlaient dans la cour un moment plus tard, il s'éloigna discrètement vers le portail de l'école. Les maîtresses chargées de surveiller la récréation papotaient entre elles, selon leur habitude. Il leur jeta un preste coup d'œil, puis s'éclipsa d'un pas rapide vers la cabine téléphonique qui faisait l'angle de la rue Champlovier. Son intention était d'essayer de joindre Bonaventure chez lui. Même s'il n'avait guère de chances de le trouver à la maison à cette heure-ci, la chose méritait d'être tentée. Il sortit de sa poche le coin de feuille où il avait noté les nouvelles coordonnées de son camarade et composa les dix chiffres fatidiques d'un index tremblant. À peine la sonnerie avait-elle grelotté deux fois qu'une main fébrile décrochait à l'autre bout de la ligne.

« Allô ? J'écoute ! Qui est à l'appareil ?…

— Bonav ? s'exclama Théophile stupéfait et ravi. C'est moi, Théo ! Je suis vraiment content de t'entendre ! Mais que fais-tu chez toi à cette heure-ci ? Tu n'es pas à l'école ?...

— J'ai prétexté un violent mal de tête pour rester au lit, près du téléphone. Je me doutais bien que tu chercherais à me joindre...

— Je l'aurais fait avant, si j'en avais eu le loisir. Mais on me surveille constamment. Je vis un véritable cauchemar, figure-toi...

— Et moi donc ! Si tu savais... Tiens, par exemple, en ce moment, je porte un pyjama Schtroumpf blanc et bleu, avec bonnet de coton assorti ! Il paraît que c'est mon vêtement fétiche. J'ai eu beau protester, rien à faire. Et tout le reste est à l'avenant. On me lave, on m'habille, on me coupe ma nourriture dans mon assiette. C'est tout juste si on me laisse m'essuyer les fesses tout seul aux cabinets...

— Je compatis, mon vieux. Dis-toi bien que j'endure les mêmes supplices de mon côté. Hier, j'ai dû lire quatre pages des aventures de Pépito Biscottos, un singe débile qui passe ses journées à bouffer des flocons de blé chocolatés !

— Je le connais. J'ai tous ses albums dans ma chambre. Et si tu voyais mes jouets : un garage avec trente petites voitures, un ours qui dit “ouille, ça fait mal !” quand on lui pince l’oreille, une poupée de chiffon…

— Ne me dis pas que tu jouais à la poupée quand tu étais petit ? !

— Imbécile, c’est une poupée à ma sœur ! Cette pauvre Clarisse ne pense qu’à s’amuser, elle a rajeuni d’une manière incroyable ! Hier, j’ai dû faire avec elle une partie de dînette… Et le pire, c’est que mon ordinateur a disparu ! Envolés, mes jeux et mes programmes de musique ! Adieu, la liaison Internet ! Demain soir, je suis censé reprendre mes leçons de solfège au conservatoire. Je vais de nouveau apprendre à déchiffrer une partition, moi qui étudiais la composition et l’harmonie ! Non mais, tu imagines ?

— Oh que oui ! Dis-toi bien que tes misères ne sont rien en comparaison des miennes. Je t’appelle de la cabine qui fait l’angle de la rue Champlovier. J’ai repris l’école, moi, mon vieux ! Je suis en CE1, avec Vindimian…

— Ça par exemple ! Avec Vindimian ! Et comment va-t-il ?

— Il est méconnaissable ! Un demeuré crasseux !

Il voulait que je l'aide à corriger Paturel ! Tu vois un peu…

— Parce que tu as aussi retrouvé Paturel ? ! Il est dans ta classe ?…

— Je ne crois pas. Ou alors je ne l'ai pas reconnu. Bon, trêve de bavardages, nous n'avons pas beaucoup de temps. J'ai cogité notre affaire toute la matinée : le seul moyen pour nous de quitter cette époque maudite, c'est de contacter Arkandias ! Lui seul peut nous venir en aide…

— Arkandias ? Mais à quoi bon ? Il n'acceptera jamais de nous aider, il ne nous connaît pas !…

— Si nous lui présentons les choses avec suffisamment d'habileté, il nous portera secours malgré tout. Je suis prêt à le parier ! D'ailleurs, j'ai mis au point un petit scénario que je te lirai ce soir au téléphone en sortant de l'école. Sois devant ton poste pour décrocher à cinq heures pétantes. Bon, je te quitte, mon vieux. La cloche sonne, je dois retourner en classe. Courage, et patience ! On s'en sortira… »

La deuxième moitié de la matinée s'écoula tout aussi lentement que la première pour Théophile, dont la petite escapade était passée inaperçue. Il déjeuna à la cantine avec Vindimian, puis aida ce dernier à réviser sa leçon de grammaire en prévision du contrôle d'analyse logique de quatorze heures. Vindimian, dévoré d'inquiétude, se rassura peu à peu en constatant qu'il était tout aussi capable qu'un autre de reconnaître les verbes et les sujets. Pour finir, il remercia même chaudement Théophile, qui prit un air modeste et confus.

Vers cinq heures, le jeune garçon fit un crochet par la cabine téléphonique de la rue Champlovier afin d'appeler Bonaventure comme promis. Il laissa sonner deux bonnes minutes sans le moindre résultat. Son camarade avait probablement eu un empêchement de dernière minute. Voilà qui était ennuyeux ! Il fourra sa carte dans sa poche et rejoignit Vindimian devant l'arrêt de bus, en donnant des coups de pied aux cailloux qu'il trouva sur son chemin.

Sitôt arrivé à la maison, et comme ses parents n'étaient pas encore rentrés du travail, il composa de nouveau le numéro de son camarade sur le clavier du téléphone. Cette fois, madame Doulouméo décrocha dès la seconde sonnerie.

« Allo ? fit-elle d'une voix chantante. J'écoute. »

Le blondinet manqua raccrocher, mais il se reprit et répondit :

« Bonjour madame. Je suis Théophile Amoretti, le petit garçon que vous avez croisé hier à la gendarmerie. J'aurais aimé parler à votre fils, s'il vous plaît…

— Et pourquoi ? demanda sèchement madame Doulouméo. Quelle nouvelle bêtise comptes-tu faire avec lui, cette fois-ci ?

— Aucune, rassurez-vous. Mais on a bien sympathisé, lui et moi. J'aimerais simplement le revoir…

— Je ne crois pas que ce soit une bonne idée. Toute cette histoire l'a beaucoup perturbé. Il boude ses jouets et n'a plus goût à rien. Tout l'ennuie à la maison. À table, il picore trois miettes comme un oiseau, lui qui avait si bon appétit ! C'est bien simple, je ne le reconnais plus…

— C'est parce qu'il a besoin de me revoir, mentit le blondinet dont l'imagination s'était mise en branle. Le psychologue qui m'a examiné ce matin a été formel : quand deux enfants fuguent ensemble, il ne faut surtout pas leur interdire de se revoir ensuite. Sans quoi on crée des lésions irréversibles dans le tendre psychisme enfantin…

— Tu parles bien, pour ton âge ! fit madame Douloméo admirative. Comment as-tu dis que tu t'appelais, déjà ?

— Théophile, m'dame. Théophile Amoretti… »

Elle détourna la tête vers la chambre et s'écria :

« Boubou ! Téléphone pour toi ! C'est le petit blondinet d'hier, celui avec qui tu as fait les quatre cents coups. Méfie-toi de lui, il parle comme un livre. Ne te laisse pas embobiner… »

Théophile perçut le bruit d'une cavalcade dans le couloir, puis une voix ahanante s'exclama :

« Théo ? C'est toi ? Je suis bien content de t'entendre. Figure-toi que… »

Il allait expliquer pourquoi il n'avait pas pu se trouver devant le téléphone à l'heure convenue, mais la présence de sa mère l'obligea à changer de sujet.

« … Figure-toi que je songeais justement à t'appeler. J'ai été ravi de faire ta connaissance. Ce serait sympa de se revoir, non ?

— J'appelais un peu pour ça, justement. Pourquoi ne viendrais-tu pas dormir chez moi, un de ces quatre ?

— Excellente idée. Ne quitte pas une seconde, je vais dans ma chambre. On sera plus tranquille pour causer... »

Il s'éloigna avec le téléphone sans fil vers son antre encombré de peluches et de petites voitures, sous l'œil attentif de l'énorme maman qui scrutait la moindre de ses réactions.

« Pfff ! souffla-t-il dès qu'il eut refermé la porte. Je suis pisté du matin au soir, dans cette maison. Tu aurais vu le regard que ma mère braquait sur moi à l'instant ! Terrifiant !

— Pourquoi n'étais-tu pas devant le téléphone, comme prévu ?

— Un contretemps. Je prenais mon bain...

— Tu prends ton bain à cinq heures ? Mais c'est du délire ! Moi, je le prends à six heures trente, et je trouve déjà que c'est tôt !

— Tu ne connais pas ta chance ! Ici, c'est le goulag ! Bain à cinq heures. Solfège de cinq heures trente à sept heures. Puis devoirs et dîner. À huit heures, extinction des feux. Bref, un concentré d'enfer ! Je ne tiendrai pas le coup bien longtemps…

— Mais si, voyons ! De toute manière, tu n'as pas le choix…

— C'est juste. Tu appelais pour me remonter le moral ou pour m'enfoncer davantage ? Parce que si c'est pour m'enfoncer, je te préviens que je raccroche…

— Ne fais pas ça, malheureux ! Écoute plutôt mon plan…

— D'accord. Mais tâche d'être convaincant, hein ! J'ai besoin de réconfort…

— Eh bien, voilà : je vais faire en sorte d'obtenir le numéro d'Arkandias par les renseignements. Ensuite, je l'appellerai pour lui raconter ce qui nous est arrivé, comme quoi on vient du futur et tout le bastringue... S'il se montre sceptique, je lui réciterai la liste des ingrédients nécessaires à la confection du sarcophage, histoire de le convaincre…

— Ingénieux. Au besoin, tu peux même ajouter une description de l'intérieur du château. Il sera scié de voir que tu y as déjà pénétré…

— Excellente idée ! Je lui demande de venir me

trouver aux grilles de l'école à l'heure de la récréation, et je lui mets en main le marché…

— Quel marché ?

— Ça, je ne sais pas encore ! J'improviserai... À trop travailler une imposture, on perd son naturel. L'art du mensonge repose en grande partie sur la spontanéité…

— Et tu as le toupet d'appeler ça un plan ? Tu es gonflé, mon cochon !

— Une ébauche de plan, mettons. J'ai tortillé ça en classe, ce matin. Si tu crois que c'est facile de se concentrer quand trente bambins ânonnent une poésie sur *monsieur Hiver au grand manteau blanc !*

— Évidemment, admit Bonaventure. Il faut tenir compte des conditions. Peaufine ta copie et rappelons-nous demain. Je vais méditer la chose de mon côté. »

10
Un expert venu d'Espagnet

THÉOPHILE passa le reste de la journée à mettre de l'ordre dans ses idées. Il fit mécaniquement sa toilette, bêcha ses petits pois au jambon et, pour finir, se brossa les dents avec la crème à raser, ce qui eut le mérite de le faire revenir un instant à la réalité. Après qu'Émilio eut quitté la chambre en allumant la petite veilleuse, il se releva sans bruit. Il alla s'asseoir à son pupitre, ouvrit son cahier de brouillon et se mit au travail à la lumière de la lanterne magique que lui avait offerte tante Véronique et qui faisait office de lampe de bureau. Vers minuit, comme ses yeux commençaient à papilloter, il regagna son lit en hâte après avoir caché le fruit de ses réflexions dans son cartable par mesure de précaution. Mieux valait éviter que ses parents ne tombent sur les vingt-quatre pages soigneusement calligraphiées qu'il venait de pondre ! Pour un petit garçon de sept ans, c'était des coups à se retrouver illico dans une école de surdoués. Il ferma les yeux et bascula dans le sommeil, excellent moyen de fuir les soucis.

Le lendemain matin vers sept heures, il fut réveillé par les échos d'une violente dispute au rez-de-chaussée. Marie parlait à toute vitesse sur le ton impératif qu'elle adoptait lorsqu'elle était en colère, tandis qu'Émilio multipliait les imprécations en italien. Le jeune garçon sortit dans le couloir et tendit l'oreille pour tâcher de capter des bribes de conversation. Apparemment, il était question d'Australie. Le fatal engrenage n'avait pas été long à se mettre en branle ! Il haussa les épaules et attendit que les deux excités se calment, assis en pyjama sur la première marche de l'escalier.

Quand il parut enfin dans la cuisine, une dizaine de minutes plus tard, Marie était en train de se moucher dans un carré d'essuie-tout. Émilio, debout près de la fenêtre, buvait en silence une tasse de café. Le blondinet se mit à table sans dire un mot et commença à préparer son petit déjeuner dans l'ambiance la plus électrique qui soit. À cause de l'éternuement intempestif de Bonaventure, il allait devoir revivre toute la procédure de divorce de ses parents ! L'oiseau des îles ne perdait rien pour attendre… Quand il l'aurait au téléphone tout à l'heure, il lui jouerait une petite musique en comparaison de laquelle les airs hyperchimiques paraîtraient suaves et mélodieux.

« Bonne journée, minou, fit son père en se penchant vers lui pour l'embrasser sur la joue. Ta mère et moi, on s'est disputés pour des bêtises. Ne fais pas attention…

— C'est à cause de l'Australie, pas vrai ? Tu as eu le poste ?

— Rien n'est encore décidé. Mais j'ai bon espoir, en effet. Nous en reparlerons ce soir, si tu veux… »

Il n'ajouta rien et quitta simplement la maison avec ses clefs et son blouson. Théophile acheva de déjeuner sans accorder la moindre attention à sa mère, qui fumait une cigarette près de la fenêtre entrouverte. Les grandes personnes étaient décidément beaucoup trop compliquées pour lui. Décrypter les arcanes de leur caractère relevait de l'exploit et, du reste, quelle perte de temps ! Mieux valait exercer son ingéniosité sur des sujets plus palpitants : la magie rouge, par exemple. Il se leva de table et alla déposer son bol vide dans l'évier. Puis il monta s'habiller dans sa chambre, escorté de Marie qui tint absolument à lui débarbouiller le museau avec un gant de toilette en dépit de ses protestations.

Dans le bus qui le conduisait à l'école, il continua de réfléchir à l'entretien qu'il comptait avoir avec Arkandias. Mais l'irruption de Vindimian à l'arrêt du square Champollion troubla brusquement sa tranquillité, et il dut subir la conversation du bambin, qui était d'humeur joyeuse parce que son anniversaire approchait.

« On le fête samedi après-midi. Tu es invité, bien sûr. On sera une petite dizaine en tout. Le gâteau est tout en bonbons ! Ma mère vient de passer commande chez Gringoire. On va bien se régaler... »

Théophile acquiesça machinalement, car il avait

la tête ailleurs. Puis, tout à coup, il écarquilla les yeux et s'exclama :

« Quand as-tu dit que c'était ?

— Samedi après-midi. Après-demain, quoi...

— Je ne pourrai pas venir. J'ai un ami à la maison...

— Viens avec lui. Plus on est de fous, plus on rit !

— Entendu. Tiens, voici ses coordonnées. Il s'appelle Bonaventure. Dis à ta mère d'appeler la sienne ce soir pour l'inviter. C'est une dame très méfiante. Elle ne le laissera jamais sortir, sans ça... »

En réalité, rien n'avait encore été décidé quant à la venue du jeune Antillais à la maison. Mais avec sa rapidité d'esprit coutumière, le blondinet avait tout de suite compris que l'anniversaire de Vindimian représentait pour lui une occasion inespérée de revoir son camarade. De plus, il économisait ainsi une cartouche, car il pourrait toujours faire en sorte d'inviter Boubou chez lui une autre fois ! Tout content de son petit subterfuge, il eut un sourire matois et se frotta les mains.

La cour de récréation où il pénétra un moment

plus tard était livrée à des hordes de petits barbares courant en tous sens. Il s'éclipsa discrètement sous le préau et attendit l'heure de la cloche en feuilletant son livre de français, une compilation de textes à l'usage des bambins. La plupart étaient d'une niaiserie confondante, mais il dénicha tout de même deux splendides pépites : un passage du *Vieil Homme et la mer* décrivant un rêve de lions sur une plage de sable jaune, et la tirade de Pagnol sur le déboutonnage du nombril dans *La Gloire de mon père*. Il dut cependant ranger son livre en catastrophe à un moment donné, car une bataille venait d'éclater entre deux grands du cours moyen, qui s'étaient empoignés aux cheveux et roulaient, dans la poussière et les crottes de pigeon. Il rejoignit Vindimian près des cabinets, tandis que le maître accourait vers le lieu de la rixe en levant les bras au ciel et en maugréant dans sa barbe calamistrée.

Il retrouva avec plaisir la quiétude de la salle de classe et le timbre de voix hypnotique de madame Chantepie. Le contrecoup des longues heures passées à travailler à la lumière de la lanterne magique commençait à se faire sentir, et il aurait volontiers piqué un petit roupillon, histoire de recharger ses batteries. Mais c'était impossible, hélas ! Aussi se contenta-t-il de somnoler les yeux ouverts en feignant un intérêt passionné, dichotomie dont il s'était fait une spécialité.

Profitant de l'inattention des maîtres à la récréation de dix heures, il renouvela ses exploits de la veille et s'éclipsa vers la cabine téléphonique de la rue Champlovier. Son intention était d'appeler les renseignements pour tenter d'obtenir le numéro de téléphone d'Arkandias, qui figurait peut-être dans le bottin.

« Renseignements téléphoniques, Solange Lavilette, bonjour ! récita mécaniquement la préposée après qu'il eut composé le douze sur le clavier du téléphone. Que puis-je pour vous ?

— Bonjour, madame. Je cherche le numéro de téléphone d'un certain monsieur Arkandias, qui habite Espagnet.

— Épelez, je vous prie…

— Eh bien ! A comme Arthur, R comme Robert, K comme Koala…

— Arkandias Agénor. Je suis désolée, mais ce numéro est sur liste rouge. Je n'ai pas le droit de vous le communiquer… »

Le blondinet se mordit la lèvre et eut un geste de dépit. Mais comme il avait de la ressource, il enchaîna aussitôt d'une faible voix :

« Tant pis ! Donnez-moi le numéro de téléphone du secours catholique, alors. J'ai sept ans et je suis perdu dans le hall de la gare Castel. Mon oncle Agénor devait venir m'attendre à ma descente de train, mais il a sûrement eu un empêchement. Et comme j'ai égaré le bout de papier où maman m'avait noté son numéro…

— Tu n'as que sept ans et on te laisse voyager tout seul en train ? s'étonna la dame subitement radoucie. Pauvre petit bonhomme…

— Oh, fit Théophile. J'ai l'habitude. Maman fait les saisons sur la Côte d'Azur, comme femme de chambre. Je serais bien resté avec elle, mais le directeur de l'hôtel où elle travaille est un méchant homme qui ne supporte pas les enfants, et… »

Il dut marquer une pause, car la sensible préposée s'était mise à sangloter à l'autre bout du fil.

« Je vous remercie de m'avoir écouté, madame, acheva-t-il. C'est si rare, de rencontrer une personne compréhensive... »

Un râle affreux obligea le jeune garçon à éloigner en catastrophe l'écouteur de son oreille. Apparemment, la préposée faisait une crise de larmes.

« Appelle vite ton oncle Agénor au 06.80.77.73.04, mon cher petit ! balbutia-t-elle d'une voix entrecoupée. Son adresse est : 6, rue Basile-Valentin… Tu as de quoi noter ?

— C'est chose faite, madame. Je vous remercie. »

Il raccrocha, laissa passer quelques secondes puis composa le numéro d'Arkandias dans la foulée. Le majordome Hortulain décrocha après un nombre incalculable de sonneries, au grand soulagement du jeune garçon qui était sur le point de renoncer.

« Domaine des Griffons, j'écoute, fit-il de sa belle voix de basse.

— Bonjour, je souhaiterais parler à monsieur Arkandias, s'il vous plaît. »

Il y eut un temps de silence à l'autre bout de la ligne, puis Hortulain demanda :

« Qui dois-je annoncer ?

— Mon nom ne dirait rien à votre maître. Je m'appelle Théophile et j'ai sept ans. Enfin, en réalité j'en ai onze, mais…

— Décidez-vous, monsieur. Sept ou onze ?

— Sept pour l'apparence physique, mais onze pour la maturité d'esprit. Vous devez me trouver bien confus, n'est-ce pas ? Il faut dire que…

— Venez-en au fait. De quoi s'agit-il ? »

Le blondinet était vraiment embarrassé de devoir s'expliquer devant le majordome. Aussi continua-t-il de parler par circonlocutions.

« Je suis un peu embêté, voyez-vous, articula-t-il en choisissant des tournures propres à mettre son interlocuteur en confiance. Toute cette affaire revêt un caractère de confidentialité. Ce n'est pas que je manque de confiance en vous, Hortulain, mais…

— Vous m'avez appelé Hortulain ? s'étonna le majordome. Vous me connaissez donc ?

— Mais bien sûr que je vous connais ! confirma Théophile, sautant sur l'occasion. Nous nous sommes croisés à deux reprises l'an dernier, dans la petite bibliothèque attenante au salon blanc et or… »

L'aplomb avec lequel il mentait acheva de désorienter le majordome, qui balbutia :

« Maintenant que vous le dites, je crois me souvenir d'un jeune garçon qui…

— Blond ! Avec des culottes de golf et un chapeau haut de forme ! J'ai une petite estafilade sur la joue droite… »

Rien de tout ça n'était vrai, naturellement. Mais qui eût osé mentir avec un tel luxe de détails saugrenus ? Du reste, c'était par ces sortes de coups de poker audacieux que le jeune imposteur emportait l'affaire la plupart du temps.

« En effet, acquiesça finalement Hortulain, convaincu de la déficience de sa propre mémoire. Je me souviens parfaitement de monsieur. Un moment, je vous prie… »

Le blondinet prit une inspiration et consulta sa montre. La récréation allait prendre fin dans moins d'une minute ! Et de plus, un gros monsieur en pardessus beige le lorgnait méchamment à travers la vitre de la cabine. Il allait devoir être particulièrement convaincant avec Arkandias, et sauter droit au but. Moins d'une minute pour arracher un rendez-vous, quel défi !

« Agénor Arkandias, j'écoute, fit le savant de sa voix métallique. Qui est à l'appareil ?

— Je m'appelle Théophile Amoretti, répondit le garçon, qui sentait son cœur battre à tout rompre dans sa poitrine. Et contrairement à ce que vient de vous dire votre majordome, nous ne nous sommes jamais rencontrés. Est-ce que les mots sarcophage d'outretemps présentent un sens pour vous ? »

À cette question très directe, succéda un temps de silence à l'autre bout de la ligne. Puis la voix de métal bourdonna de nouveau dans le combiné.

« Qui êtes-vous ? J'ignore à quoi vous faites allusion ! Je vous préviens que je vais raccrocher… »

Le savant réagissait exactement comme prévu. Il bluffait par prudence, feignant d'ignorer tout de l'hyperchimie. Théophile ne se laissa pas démonter et rétorqua du tac au tac :

« Pour confectionner un sarcophage de transit vers le cosmos jumeau, il faut se procurer un sarcophage de bois blanc sans nœuds, quatre billes de chêne, un gros pot de bouse de vache, un rouleau de fil de fer, une boule de cristal et quatre cent quarante-quatre disques métalliques émaillés de jaune. Je continue ?…

— Inutile, souffla Arkandias radouci. Voulez-vous passer me voir immédiatement à Espagnet ?

— Impossible. Je ne suis pas maître de mon emploi du temps. J'ai sept ans et j'arrive du futur.

Mon sarcophage est détraqué. Rejoignez-moi à treize heures devant le portail de l'école Louis-Pergaud. Je vous dirai ce que j'attends de vous. À tout à l'heure, soyez ponctuel… »

Il y eut un petit clic sec à l'autre bout de la ligne, puis le signal d'occupation résonna dans l'écouteur. Théophile avait rejoint la cour de récréation.

Les quelques heures qui s'écoulèrent après cet entretien téléphonique lui parurent interminables. Il avait hâte de revoir Arkandias et d'apprendre de sa bouche si une réparation du sarcophage était possible. Comme il avait la tête ailleurs et consultait sans cesse sa montre, madame Chantepie le pria tout à coup de passer au tableau pour réciter les vers de mirliton de monsieur Hiver au grand manteau blanc. Il obtempéra la mort dans l'âme et se campa devant la classe ricanante.

« Monsieur Hiver au grand manteau blanc
Vous êtes un voyou, un brigand,
Qui assourdissez les cours d'école
Avec la blanche neige qui colle !

Ce serait si gentil s'il tombait
Des oursons en chocolat au lait !
De la crème renversée au beurre
Et des crêpes pour la chandeleur !

En janvier, quand la bise secoue… »

Il s'interrompit tout à coup et hocha la tête en murmurant :

« Je refuse de continuer. C'est au-dessus de mes forces…

— Comment ça ? demanda madame Chantepie stupéfaite. Tu n'aimes pas ce poème ? Il est pourtant empreint d'une grande fraîcheur…

— Ce n'est pas un poème, madame. C'est un tissu d'inepties ! Le demeuré mental qui a composé ça mériterait d'être jeté dans un cul-de-basse-fosse ! »

Toute la classe éclata aussitôt de rire à cause du mot cul-de-basse-fosse, cependant que madame Chantepie devenait verte comme un lézard et manquait s'étrangler.

« Puisque tu es si malin, s'exclama-t-elle, récite-nous le poème de ton choix ! Je te conseille de t'appliquer, sinon tes parents seront mis au courant des propos que tu viens de tenir devant tes petits camarades... »

Théophile croisa les bras et se mit aussitôt à déclamer avec ferveur le très beau poème de Francis Jammes que lui avait appris son père un jour qu'ils se promenaient ensemble à la campagne :

« J'aime l'âne si doux
marchant le long des houx.

Il prend garde aux abeilles
et bouge ses oreilles ;

Il va près des fossés,
d'un petit pas cassé.

Il réfléchit toujours.
Ses yeux sont en velours.

Jeune fille au doux cœur,
tu n'as pas sa douceur :

car il est devant Dieu
l'âne doux du ciel bleu. »

Un silence extraordinaire succéda à sa petite prestation, et il retourna s'asseoir comme si de rien n'était.

Après déjeuner, il prétexta un fort mal de ventre et quitta Vindimian pour aller guetter Arkandias au portail. L'hyperchimiste parut à treize heures pile au débouché de la rue Champlovier. Il portait un complet gris souris soigneusement boutonné sur une chemise lilas. Ses souliers de cuir vernis étincelaient au soleil, de même que le pommeau argenté de sa canne et que la grosse perle bleue ornant son épingle de cravate. Bref, toute sa personne respirait une élégance rastaquouère de bon aloi. Comme il passait devant Théophile sans lui accorder un regard, ce dernier siffla entre ses dents et lui fit signe.

« Pssst ! Monsieur Arkandias ! C'est moi, Théophile… »

L'hyperchimiste eut un moment d'hésitation à la vue du blondinet. Puis il s'avança vers la grille en demandant :

« Êtes-vous le mystérieux interlocuteur avec lequel je me suis entretenu ce matin ?

— Oui, en effet. J'arrive du futur, à la suite d'un malheureux accident. Figurez-vous que le camarade avec qui j'avais embarqué dans le sarcophage a trouvé moyen d'éternuer dans sa flûte ! Nous devions opérer une régression d'une semaine dans le passé, et au lieu de ça nous sommes retombés en enfance…

— Voulez-vous que nous discutions de tout ceci dans ma voiture ? Je suis garé à deux pas d'ici, rue Heurtebise… »

Théophile jeta un regard en direction de l'instituteur censé surveiller la récréation et qui lisait tranquillement le journal, assis sous un marronnier.

« Filons vite ! dit-il en entrouvrant le portail. Si quelqu'un nous voyait, nous pourrions avoir des ennuis… »

Ils pressèrent le pas en direction de la Rolls stationnée devant une porte cochère.

Hortulain, qui guettait son maître dans le rétroviseur, descendit leur ouvrir la portière à tous les deux.

« Ça fait plaisir, de retrouver un intérieur familier ! s'exclama Théophile en prenant place sur la banquette de cuir blanc. Votre Rolls n'a pas changé, elle au moins…

— Comment ça, pas changé ? Est-ce que par hasard…

— …j'y serais déjà monté ? Oui ! Plusieurs fois. Mais dans le futur, naturellement.

— Je croyais que nous ne nous étions jamais rencontrés ? C'est ce que vous m'avez dit ce matin au téléphone…

— Je ne voulais pas compliquer les choses. En réalité, nous nous connaissons un peu. Il m'arrive de travailler pour vous… »

De nouveau, le jeune garçon mentait. Mais cette fois-ci, c'était pour les besoins du plan qu'il avait mis au point.

« J'ai une certaine habileté en matière de magie rouge, continua-t-il. Et mon camarade Bonaventure possède un don de flûtiste qui lui permet de jouer sans la moindre fausse note la plupart des airs hyperchimiques. À nous deux, nous formons une équipe très efficace. C'est bien simple, vous ne pouvez quasiment plus vous passer de nous… »

L'hyperchimiste semblait perplexe. Il écoutait ce que lui disait son interlocuteur en faisant cliqueter ses longs ongles noirs sur l'accoudoir de la banquette.

« Ce Bonifacio auquel vous faites allusion est le camarade avec lequel vous avez embarqué dans le sarcophage, je suppose ?

— En effet. Bonaventure m'a accompagné dans ce vertigineux voyage. À l'heure où nous parlons, le malheureux doit être dans la cour de son école, à jouer aux petites voitures ou à chat perché. Il a rajeuni de quatre ans, lui aussi… »

Monsieur Arkandias ouvrit la petite armoire humidificatrice en bois polychrome nichée sous l'accoudoir de la banquette et parut hésiter devant l'assortiment de cigares cubains alignés par ordre de taille dans des compartiments de cèdre. Il opta finalement pour un Partagas qu'il incisa avec une petite guillotine à biseau d'argent.

« Votre acolyte a-t-il conservé ses capacités de flûtiste ? demanda-t-il tout en allumant son cigare. Car enfin, c'est toute la question…

— Nos capacités physiques et intellectuelles sont intactes. Nous avons conservé notre maturité et nos connaissances d'antan. Seule l'enveloppe corporelle s'est transformée… »

L'hyperchimiste souffla un ruban de fumée bleue vers le plafond capitonné de sa Rolls. Il avait à présent un air ironique et supérieur qui ne présageait rien de bon.

« Qu'attendez-vous de moi, au juste ? demanda-t-il avec une feinte naïveté. J'avoue ne pas saisir le sens de votre démarche…

— Ce que nous attendons de vous ? Mais de l'aide, pardi ! Nous voudrions que vous jetiez un coup d'œil au sarcophage, histoire de voir ce qui cloche…

— Et que me proposez-vous, en contrepartie ?

— Notre concours pour la réalisation de la recette de votre choix. Équitable, non ?

— Et qui vous dit que j'ai besoin de vos lumières ? Je pratique la magie rouge avec succès depuis plus de trente ans. Ce n'est tout de même pas un dilettante de votre espèce qui me donnera des leçons !

— N'essayez pas de bluffer, Arkandias. Je suis bien placé pour savoir que certaines recettes vous donnent du fil à retordre, et que vous seriez fort aise de pouvoir disposer d'un flûtiste doué qui tienne le rythme une à deux heures de temps sans le secours d'un métronome. Le bruit de cet engin ne compromet-il pas certaines tentatives de transmutation ? »

Arkandias ne répondit pas tout de suite, car les connaissances dont son jeune interlocuteur faisait étalage le laissaient sans voix.

« En effet, dit-il après un temps. Je constate que vous dominez votre sujet. Tout ceci mérite réflexion…

— Réfléchissez vite. Je dois retourner en classe…

— Entendu, j'accepte de vous venir en aide. Mais pour commencer, je vais devoir examiner le sarcophage. Où est-il ?

— Pas très loin d'ici, dans le bois de Montespan. Donnez-moi un crayon et une feuille de papier, que je vous fasse un plan. Vous ne trouverez jamais, sans ça : il est trop bien caché ! »

Monsieur Arkandias fit l'aller-retour dans l'après-midi.

À cinq heures, la longue Rolls noire obliquait rue Champlovier et venait s'immobiliser en bordure de trottoir à hauteur d'un groupe de jeunes gens qui marchaient cartable au dos en direction de l'arrêt de bus. Tous parurent réellement stupéfaits de voir un chauffeur en livrée et bottes de cuir s'extraire du prestigieux véhicule et s'avancer vers Théophile pour lui ouvrir respectueusement la portière.

« Pincez-moi, les mecs ! Je rêve ! souffla Vindimian éberlué en regardant son camarade monter à bord. Théophile est devenu milliardaire : il roule en Rolls !...

— Ouais, opina Paturel. Tu as été bien inspiré de l'inviter à ton anniversaire. Il te fera sûrement un gros cadeau. »

L'hyperchimiste, qui était de fort méchante humeur, commença à se plaindre sitôt que la Rolls eut redémarré.

« Dites, c'est infesté de ronces, votre coin ! Vous auriez pu me prévenir ! J'ai déchiré mon pantalon sur un gros buisson épineux. »

Il écarta les pans de sa veste et montra en effet sur sa cuisse droite un minuscule accroc effiloché.

« Quant à votre plan, reprit-il, le moins qu'on puisse dire est qu'il était approximatif ! Vous placez la clairière à mi-distance de la lisière du bois et du lieu dit *Les Tromparents*. Or, en réalité…

— Je me moque de vos petites misères, cher monsieur, l'interrompit Théophile, qui avait horreur des jérémiades. Avez-vous trouvé le sarcophage, oui ou non ?

— Je suis tombé dessus par hasard, après avoir erré d'arbre en arbre durant plus d'une heure.

— Avez-vous pu l'examiner ?

— Mais naturellement ! Analyse spectrale des résidus gazeux, détection d'ondes gravitationnelles. Bref, tout le toutim…

— Et c'est grave ?

— Pensez-vous ! Trois fois rien. À vrai dire, il ne s'agit pas d'une panne à proprement parler.

— Que voulez-vous dire ? »

Au lieu de répondre, l'hyperchimiste caqueta désagréablement en agitant les épaules. Il ne semblait pas disposé à communiquer son diagnostic. Cette attitude était du reste fort compréhensible, puisque Théophile n'avait pas encore rempli sa part de contrat.

« Nous reparlerons de tout ceci quand vous aurez honoré vos engagements, dit-il en prenant un cigare dans l'humidificateur de bois polychrome. Vous êtes un petit malin, et mon intuition me souffle de me méfier de vous. »

Comme le jeune garçon avait raté son bus, on le reconduisit chez lui en Rolls. Il se fit déposer à l'angle de la rue du Chardonnet, afin de ne pas trop attirer l'attention du voisinage, et poursuivit sa route à pied jusqu'à la maison. Sitôt le seuil franchi, il se précipita vers le téléphone pour appeler Bonaventure, à qui il comptait narrer l'entretien qu'il avait eu avec l'hyperchimiste. Hélas, celui-ci venait de partir à son cours de musique et il ne fallait plus espérer le joindre avant le lendemain. Le blondinet goûta tristement d'une tartine de beurre saupoudrée de chocolat noir râpé dans la cuisine. Après quoi il monta s'allonger un moment sur son lit.

Il commençait à basculer dans le sommeil lorsque la sonnerie du téléphone lui fit redégringoler quatre à quatre les marches de l'escalier.

« Théo ? C'est Bonav. Je t'appelle du conservatoire. Alors ? Tu as pu joindre Arkandias ?

— Mieux que ça, je l'ai rencontré ! Il a examiné

le sarcophage. D'après lui, la panne n'est pas grave. On devrait pouvoir repartir…

— Tant mieux ! Si tu savais comme j'en ai marre d'avoir sept ans ! J'ai eu une journée de chien. Je viens de reprendre l'école, figure-toi…

— Tu es où ?

— À Juliette-Récamier. Notre instituteur est un pervers à tendances sadiques. Il nous tape sur les doigts avec sa règle ! Je l'ai prévenu que j'étais flûtiste et que mes doigts méritaient une certaine considération…

— Ça l'a calmé ?

— Penses-tu, il m'a frappé sur les fesses ! J'ai bien envie de porter plainte au commissariat…

— Tiens-toi tranquille, ce n'est pas le moment de se faire remarquer. J'ai pu obtenir d'Arkandias qu'il répare le sarcophage. Mais, en contrepartie, nous allons devoir l'aider à réaliser une recette de magie rouge. C'est donnant-donnant…

— Tu es dingue d'avoir accepté un pareil marché ! Comment veux-tu qu'on se rende à Espagnet, surveillé comme on l'est ?

— T'inquiète, j'ai mon idée.

— Je crains le pire. Dis toujours…

— Ce soir ou demain, la mère de Vindimian va appeler la tienne pour t'inviter à un anniversaire…

— C'est l'anniversaire de Vindimian ? Merde alors ! Je vais devoir acheter un cadeau, si je comprends bien…

— Prends une bricole, n'importe quoi. Empaquette ta collection des aventures de Pépito Biscottos, au besoin. Mais accepte, surtout ! Je suis invité, moi aussi. On se retrouvera là-bas, et on s'éclipsera ni vu ni connu pour rejoindre Arkandias, à qui j'aurai fixé rendez-vous et qui nous attendra avec sa Rolls derrière la maison. Tu me suis ? »

Un court silence s'installa sur la ligne, puis le jeune Antillais répondit.

« Espérons que la mère de Vindimian ne remarquera rien. Si elle donne l'alerte, on va entendre une drôle de musique : deux fugues coup sur coup en moins d'une semaine, ça commence tout de même à faire un peu beaucoup…

— À propos de musique, pense à emporter ta flûte. Arkandias souhaite mettre à profit tes talents d'interprète...

— Entendu. Compte sur moi. Je vais devoir te

quitter, mon cours de solfège commence dans moins d'une minute. Le temps de traverser la rue…

— Fais bien gaffe à regarder à gauche et à droite avant de t'engager sur la chaussée. À ton âge, on est parfois tête en l'air… »

Le jeune Antillais lui raccrocha au nez d'un geste sec après avoir proféré un juron très déplacé dans la bouche d'un si petit garçon.

11
Happy birthday Romaric !

THÉOPHILE sortait de la salle de bains en pyjama de lycra orange et chaussons assortis lorsque son père entra en coup de vent dans la maison.

« Tu rentres en avance, p'pa ! s'exclama-t-il en lui sautant au cou. Comment ça se fait ?

— J'avais envie de profiter un peu de toi. On ne se voit plus beaucoup, depuis quelque temps. Et ça risque de ne pas s'arranger…

— À cause de Sydney ? Tu pars, c'est ça ?

— Oui. Ça n'enchante pas ta mère, qui aimerait mieux que je reste…

— Moi aussi, j'aimerais mieux que tu restes ! Quelle idée d'aller travailler si loin ?

— C'est un projet intéressant. On me donne carte blanche pour la conception et la réalisation d'un centre culturel. Je serai tout à la fois architecte et maître d'œuvre...

— Et ta famille, tu y penses ?

— Si je renonçais à ce projet pour rester avec vous, je serais si malheureux que je deviendrais invivable. Tu me connais...

— Et en faisant un effort ? Construire des immeubles, ce n'est pas tout dans la vie...

— Bien sûr que non. Mais ça me passionne. N'as-tu jamais eu à cœur un projet qui t'enthousiasme au point de tout risquer pour le réaliser ? »

Théophile opina du chef.

Il avait déjà eu des dizaines de projets de ce genre, en effet. À commencer par les réalisations hyperchimiques, pour lesquelles il n'avait pas hésité à désobéir à sa mère, et même à transgresser la loi chaque fois que les circonstances l'exigeaient.

« Je comprends ton point de vue, dit-il en contemplant les pointes de ses chaussons. Quand une aventure fait vraiment envie, il faut la vivre. Sinon, on le regrette ensuite…

— Tu es un petit garçon merveilleux, répondit Émilio en lui ébouriffant tendrement les cheveux. Je suis fier d'être ton papa. »

Il le reposa par terre et tous deux rejoignirent Marie dans la cuisine pour l'aider à préparer le dîner.

Ce soir-là, Théophile eut du mal à trouver le sommeil.

Toutes sortes d'idées pénibles lui tournaient dans la tête. D'abord, il se faisait du souci pour le sarcophage, abandonné en plein bois et qui servait peut-être déjà de gîte à quelque gros sanglier. Dans quel état allait-on retrouver le fragile assemblage au moment d'embarquer ? Ensuite, il y avait cette atmosphère orageuse dans la maison. À table, ses parents n'avaient pas cessé d'échanger des propos aigres-doux. C'est à peine s'ils avaient daigné prêter attention à lui. Pourtant, il n'avait pas ménagé sa peine pour détendre l'atmosphère, multipliant les saillies drolatiques tout au long du repas. Enfin, un troisième motif de tourment résidait dans l'attitude d'Arkandias. N'était-il pas en train de les mener en bateau, Bonaventure et lui ? Il prétendait avoir découvert le motif de la panne, mais qu'est-ce qui prouvait qu'il ne mentait pas à seule fin d'obtenir leur collaboration ? Au final, il se révélerait peut-être incapable de réparer le sarcophage, et les deux jeunes gens n'auraient plus qu'à faire une croix sur leurs chimériques espoirs de retour.

Cette pensée affreuse lui donna de si violentes palpitations qu'il dut se lever et aller boire un verre d'eau à la salle de bains. Il se recoucha et croisa ses mains sous sa nuque pour réfléchir au moyen de reprendre le contrôle de la situation. Il commençait vaguement à entrevoir des amorces de solution lorsque le sommeil le faucha d'un seul coup.

Quand il parut au débouché du boulevard Paul Cézanne, le lendemain matin, Vindimian, qui l'attendait devant l'arrêt de bus, se précipita vers lui.

« Salut, Théo ! fit-il avec un large sourire. Tu prends le bus, ce matin ? La Rolls est au garage ?

— Oublie cette fichue Rolls, répondit Théophile qui n'était pas d'humeur à bavarder. C'était une blague d'un ami à mon père qui habite Sydney et qui est en vacances chez nous pour quelques semaines. Il a loué cette voiture chic pour me bluffer…

— Tu n'es pas milliardaire, alors ?

— Non, pourquoi ? Ça t'ennuie ?

— Évidemment que ça l'ennuie ! intervint Paturel sarcastique. Il espérait un gros cadeau pour son anniversaire…

— C'est faux ! Je n'ai jamais parlé de cadeau ! C'est toi qui y a pensé en voyant la Rolls ! Tu n'es qu'un sale menteur…

— Ah oui ? Répète un peu, pour voir… »

Au lieu de répéter, Vindimian jeta son cartable par terre et se précipita vers Paturel pour l'empoigner au col. Les deux jeunes gens roulèrent sur le trottoir et Théophile eut toutes les peines du monde à les séparer.

En classe, madame Chantepie barba tout le monde avec les aventures de Grignotine, petit écureuil roux croqueur de noisettes. Le blondinet feignit une attention soutenue et en profita pour mettre au point la conversation qu'il comptait avoir avec Arkandias à la récréation de dix heures. Quand la cloche sonna, il se précipita vers le portail et s'éclipsa selon une technique désormais bien rodée.

« Monsieur Arkandias ? Théophile Amoretti à l'appareil. Je vous rappelle à propos de notre petite affaire. Figurez-vous que Bonaventure et moi sommes invités à un anniversaire samedi après-midi. Ce sera l'occasion idéale d'échapper à la vigilance de nos parents et de nous rendre à votre château d'Espagnet pour ce que vous savez…

— C'est proprement incroyable ! rétorqua l'hyperchimiste de sa voix au timbre métallique. Je comptais justement vous inviter à me rejoindre ce jour-là…

— Ne dit-on pas que les grands esprits se rencontrent ? Je vais vous donner l'adresse de mon camarade. Prenez de quoi noter…

— C'est chose faite, j'ai le stylo en main. Dictez, je vous écoute.

— Romaric Vindimian. Un, rue Grenouillère. J'espère que vous voyez où c'est…

— Hortulain connaît la ville comme sa poche, ne vous faites aucun souci. À quelle heure dois-je me trouver sur place ?

— À quatorze heures précises. Garez-vous rue Sébastien-Bottin. Nous nous éclipserons discrètement pour vous rejoindre.

— Entendu, comptez sur moi. Et prenez bien soin d'emporter avec vous les habits que vous portiez lors du transit. Je vous conduirai dans le bois de Montespan à l'issue de la séance. Vous embarquerez dans la foulée…

— Ce samedi ? ! Mais pourquoi ?

— Pour un motif qu'il serait trop long d'exposer ici. Dites à votre camarade de ne pas oublier sa flûte, surtout ! Il va en avoir besoin. »

Le blondinet tenta de joindre Bonaventure chez lui après que l'hyperchimiste eut raccroché, mais évidemment il tomba sur madame Doulouméo qui lui apprit que son fils venait de partir pour l'école. Il accueillit cette nouvelle avec une feinte consternation et rejoignit ses condisciples dans la cour de récréation. À midi, ayant renouvelé sa tentative, il apprit de la bouche de Clarisse que « Boubou déjeunait à la cantine », lui dont la mère ne travaillait pourtant pas ! Et à cinq heures, un monsieur à la belle voix de basse décrocha le téléphone pour lui révéler que « l'artiste rentrerait tard du conservatoire ». Décidément, son camarade n'avait pas menti en parlant de goulag : il ne quittait l'école que pour y retourner derechef ! Le blondinet prit congé de son interlocuteur en se retenant de l'appeler « bourreau d'enfant » et rejoignit Vindimian à l'arrêt de bus. Si Boubou n'avait pas l'heureuse inspiration de lui passer un coup de fil avant le début des cours, il ne fallait plus espérer lui parler aujourd'hui.

Théophile était rentré chez lui depuis une petite demi-heure, et il savourait une tartine de fromage en feuilletant un magazine féminin dont la couverture indiquait : *Top minceur. Perdez trois kilos en trois jours grâce au concentré de pépins de pommes reinettes !* quand son attention fut tout à coup attirée par l'Almanach du vieux Dauphinois gisant sur le parquet. Il le considéra en silence une bonne minute puis se frappa le front du plat de la main. Bon sang ! La Lune en Gémeaux ! Il venait de comprendre. À cet instant, le téléphone se mit à sonner. Il fit un bond et courut décrocher. C'était Bonaventure ! Ce cher vieux Boubou tombait à pic !

Il allait avoir la primeur d'une bouleversante découverte.

« Bonav ? dit-il d'une voix entrecoupée. Je viens de comprendre ! C'est à cause de la Lune ! Elle n'était plus en Gémeaux, d'où la panne !...

— Quelle panne ? De quoi parles-tu ?

— Mais du sarcophage, pardi ! Je viens de tomber à l'instant sur L'Almanach du vieux Dauphinois. Ça m'a fait repenser à cette histoire de zodiaque. Souviens-toi des termes de la recette : *Une heure avant minuit, par une Lune en Gémeaux, couvrir les lampes et fractionner l'heure en cent centièmes...*

— Mais oui ! s'exclama le jeune Antillais à l'autre bout de la ligne. Maintenant que tu le dis, ça me paraît évident à moi aussi. Il faut une Lune en Gémeaux pour que le sarcophage fonctionne ! Pas étonnant qu'il soit demeuré inerte, l'autre jour...

— Nous n'avons plus besoin d'aide ! Nous allons pouvoir repartir ! C'est merveilleux...

— Et Arkandias, à propos ? Tu l'as eu au téléphone, aujourd'hui ?

— Hélas oui ! Il comptait passer nous prendre demain chez Vindimian. Et tu sais quoi ? Il m'a dit qu'à l'issue de la séance de travail, il nous conduirait à Montespan pour que nous embarquions dans le sarcophage ! D'après lui, ça urgeait…

— Tu as vérifié la Lune de demain ? Si elle est en Gémeaux, ça confirme ton hypothèse.

— Ne quitte pas, je consulte immédiatement l'Almanach... »

Théophile se porta au samedi quatre octobre et poussa un rugissement de triomphe. La Lune était bel et bien en Gémeaux ce jour-là !

« Bingo ! s'exclama-t-il dans le combiné. Arkandias l'a dans le baba ! À présent, il peut se brosser pour obtenir notre collaboration… »

Un temps de silence succéda à ce cri du cœur, puis Bonaventure objecta :

« C'est tout de même un peu malhonnête, de lui faire faux bond au dernier moment. Tu ne crois pas qu'on devrait lui filer ce coup de main, pour une fois ? Il a été chic avec toi, après tout…

— Chic ? Arrogant et présomptueux, tu veux dire ! Il n'a vu que son intérêt, une fois de plus. Si je ne l'avais pas appâté avec tes talents de flûtiste, jamais il n'aurait accepté de nous venir en aide. Je n'ai aucune sympathie pour cet affreux bonhomme. Retrouvons-nous demain chez Vindimian à l'heure convenue. On avisera quant au moyen de se rendre à Montespan. Pense à prendre ta flûte et tes habits trop grands…

— Ceux qu'on portait quand les gendarmes nous ont arrêtés, tu veux dire ?

— Oui. Si on retourne d'où on vient, nos corps vont grandir et nos vêtements actuels craqueront. Il faut anticiper le coup, sinon on risque de se retrouver cul nu dans les bois !

— Tu es marrant, toi : je ne sais pas où ma mère les a mises, ces vieilles fringues ! J'ignore même si elle les a gardées…

— Mène l'enquête, débrouille-toi. Emprunte une robe à ta sœur, au besoin.

— Très drôle. Au fait, la mère de Vindimian a appelé la mienne. Tu aurais pu me prévenir que c'était un anniversaire déguisé ! J'ai dû louer un costume d'abeille en catastrophe au Chat Bleu.

— Parce que c'est déguisé ? Je l'ignorais ! Cet imbécile de Romaric ne m'a rien dit…

— Mon pauvre vieux, je te plains de tout mon cœur. Tu vas devoir choisir entre la panoplie du petit chaperon rouge et un costume de fée. C'est tout ce qui reste. Mais je peux demander à Clarisse de te prêter un tutu, si tu préfères ? »

Le blondinet proféra une énorme grossièreté dans le téléphone avant de raccrocher au nez de son ami.

Cette fois, on y était ! Le grand départ se ferait demain après-midi dans le bois de Montespan. Théophile commençait à peine à réaliser tout ce que cela impliquait. Il allait retrouver ses camarades de lycée, sa chambre et ses livres. Il n'aurait plus à cacher sa bouche édentée avec sa main chaque fois qu'il sourirait. Bref, la vie redeviendrait merveilleuse ! Seule ombre au tableau : son père, qu'il allait perdre à nouveau. Mais Émilio était sur le point de les abandonner, de toute façon ! Il n'y avait donc aucun regret à avoir de ce côté-là. Le jeune garçon se frotta les mains et courut préparer son sac, qu'il dissimula sous son lit.

À table, ce soir-là, il montra une gaieté si communicative que ses parents éclatèrent de rire à plusieurs reprises, ce qui ne leur était plus arrivé depuis longtemps. Ils ne semblaient plus du tout fâchés l'un contre l'autre. C'était à n'y rien comprendre. Était-il possible que deux personnes si complices finissent tout de même par divorcer ?

Un moment plus tard, il médita longuement cette question tout en se brossant les dents à la salle de bains. Grâce à lui, l'atmosphère du repas avait été idyllique. Dommage qu'il n'ait pas davantage de temps à consacrer au sauvetage du couple en perdition. Car avec son ingéniosité et sa maturité d'esprit actuelles, il parviendrait sûrement à empêcher la catastrophe. Après s'être rincé la bouche et avoir pris son comprimé de fluor, le jeune garçon descendit embrasser sa mère au salon. Ça lui faisait tout de même un peu bizarre de songer qu'il quitterait bientôt cette Marie-ci pour celle du futur, une personne différente par bien des côtés.

« Papa est sorti ? demanda-t-il avec inquiétude en jetant un coup d'œil dans la cuisine.

— Il fume une cigarette dans le jardin. La nuit est magnifique. Il y a une Lune incroyable, et des étoiles à vous donner le tournis…

— Tu pourras lui dire de me rejoindre dans ma chambre, pour mon histoire ? Je monte… »

Joignant le geste à la parole, il s'en fut vers l'escalier. Émilio le rejoignit quelques minutes plus tard pour lui administrer plusieurs pages des aventures de Pépito Biscottos. Le blondinet lut avec une lenteur étudiée afin de prolonger ce tête-à-tête qui serait sans doute le dernier avant longtemps.

« Tu as fait beaucoup de progrès, depuis ta fugue, constata son père en lui ôtant l'album des mains. Je te félicite. Qu'est-ce qu'on lit, maintenant ? Les aventures de Babar ?

— Oh non ! *Les Contes du chat perché,* plutôt ! Mais toute une histoire, d'accord ? C'est la dernière, il faut que j'en profite…

— Comment ça, la dernière ? demanda Émilio interloqué. »

Théophile se mordit la lèvre et répondit du tac au tac :

« La dernière avant que tu ne partes en Australie, je veux dire… »

Il regarda son père droit dans les yeux, et celui-ci finit par détourner la tête d'un air gêné.

« Tu sais, je ne partirai pas avant plusieurs mois. Les choses vont se mettre en place progressivement. Nous avons encore bien des histoires à lire, tous les deux... Bon, tu as fait ton choix ?

— Oui, *Le canard et la panthère*. C'est de circonstance, puisque ça parle du désir de voyage. Et puis, c'est une histoire triste, qui finit mal. Exactement comme dans la vie…

— Eh bien ! Je constate que le moral est au beau fixe, ce soir ! On peut parler, si tu préfères…

— Non, j'aime mieux entendre un conte. Commence à lire, le marchand de sable vient de passer, j'ai les yeux qui piquent... »

Émilio lut d'une traite la pathétique nouvelle. Puis il posa le vieil exemplaire corné Des *Contes du chat perché* sur la table de nuit et sortit de la chambre en allumant la petite veilleuse. Comme il refermait la porte, une voix étranglée, se fit entendre. C'était Théophile qui le rappelait.

« Quoi encore ? demanda-t-il.

— Tu ne m'as pas fait de bisou ! »

Émilio, confus, revint sur ses pas et se pencha vers son fils pour l'embrasser tendrement sur la joue.

Le lendemain midi, en sortant de l'école, le blondinet fit un crochet par la boutique du Chat Bleu avec Marie. Il hésita longuement entre le costume de fée avec hennin et baguette clignotante, et la panoplie complète du petit chaperon rouge comprenant une cape incarnat, une fausse galette et un faux petit pot de beurre rangés dans un véritable panier d'osier. Fort heureusement, sa mère le tira d'embarras en dénichant un déguisement d'apprenti sorcier à sa taille rangé par erreur au rayon des costumes d'adultes. Il s'empressa de le passer et sortit de la cabine d'essayage pour se mirer dans une grande glace fixée au mur. La panoplie comportait une tunique de satin noir piquée d'étoiles d'or et d'argent, un chapeau pointu assorti et de fragiles souliers à la poulaine qui risquaient fort de partir en lambeaux lorsqu'il traverserait le bois de Montespan pour rejoindre le sarcophage. Mais c'était tout de même mieux que les sabots du petit chaperon rouge ou les sandalettes du costume de fée ! Marie le complimenta sur son déguisement et il retourna l'ôter dans la cabine d'essayage. Ça faisait au moins un point de réglé.

À midi, tous deux déjeunèrent en tête-à-tête d'une salade grecque et d'un steak de thon à la tomate accompagné de riz pilaf. Émilio avait prévenu qu'il ne rentrerait pas avant le début de soirée. Il travaillait même le samedi, à présent ! C'était bien la peine d'avoir fait tant d'études. Au dessert, Marie ouvrit une boîte de crème de marrons qu'elle battit avec du fromage blanc. Tandis que son petit garçon engloutissait ce dessert avec un entrain qui faisait plaisir à voir, la jeune femme se prépara un café qu'elle but debout, près de la fenêtre, tout en fumant une cigarette. Théophile lui fit observer que le café était un poison du système nerveux et que le tabac contenait des substances toxiques qui attaquaient le cœur et les poumons.

« Tu ferais mieux de te remettre au sport. Pourquoi ne prends-tu pas une carte au gymnasium de la rue Quincampoix ?

— Il y a un gymnasium rue Quincampoix ? s'étonna l'intoxiquée. Première nouvelle !… »

Le blondinet réalisa aussitôt qu'il venait de commettre une gaffe. En réalité, ce club de remise en forme n'existait pas encore. Il n'ouvrirait que deux ans plus tard, et Marie s'y inscrirait d'ailleurs presque immédiatement sur le conseil de son amie Catherine Montmayeul.

« Il était question qu'on en ouvre un rue

Quincampoix, bredouilla-t-il, tâchant de se reprendre. Mais je ne sais pas si c'est déjà fait. En tout cas, je te conseille d'arrêter de fumer. La maîtresse nous a parlé des ravages du tabac ce matin. Ça nous a fait froid dans le dos. Elle avait apporté des diapositives de fumeurs opérés à qui on venait d'ôter un poumon ou une jambe, ou les deux à la fois ! Une vraie boucherie…

— Elle est toquée, ma parole ! On ne montre pas de pareilles horreurs à des enfants de sept ans ! Je vais prendre rendez-vous avec elle et je lui dirai ma façon de penser… »

Le jeune garçon opina du chef. Peu importait que sa mère aille trouver madame Chantepie lundi matin. De toute manière, avant ce soir, Bonaventure et lui seraient loin.

« Ce n'est pas pour te bousculer, m'man, fit-il en désignant la pendule. Mais il est treize heures quarante. L'anniversaire est à quatorze heures. Il faudrait qu'on songe à y aller… »

Marie acquiesça et aspira une dernière bouffée de fumée avant de courir prendre ses clefs de voiture dans son sac à main.

Théophile se déguisa en catastrophe dans la voiture. Il avait pris soin d'emporter ses habits trop grands dans son sac de sport. Le cadeau de Romaric, un maillot de football en satin bleu, masquait ceux-ci habilement. Comme Marie obliquait rue Grenouillère, le jeune garçon eut un tressaillement à la vue de la Rolls noire d'Arkandias stationnée rue Sébastien-Bottin. Heureusement qu'il était costumé. Ça lui permettrait d'échapper plus facilement à la vigilance du maudit hyperchimiste, qui guettait sûrement sa venue à travers ses vitres fumées.

Après avoir embrassé sa mère une dernière fois tout en se mordant la langue pour ne pas verser de larmes, le blondinet rejoignit à pied le lieu du rendez-vous. Une grosse abeille jaune et noire faisait les cent pas au bas de l'immeuble de Vindimian. C'était Bonaventure, et il ne semblait pas content du tout.

« Ah, quand même ! fit-il en voyant paraître son camarade grimé en apprenti sorcier. Ce n'est pas trop tôt ! Je poireaute depuis dix minutes, moi !

— Pourquoi tu m'as attendu ? Il fallait entrer, je t'aurais rejoint…

— Gros malin ! Si on entre, on est fichu ! Les parents de Vindimian ne nous laisseront jamais ressortir…

— On fait quoi, alors ? On file à Montespan directement ?

— C'est le plus raisonnable. Mais d'abord, je me change sous le porche. Tu as vu la touche ?

— C'est le costume de Maya l'abeille, non ? Ça te va plutôt bien, je trouve…

— Ça me grossit, tu veux dire ! Je me sens tout boudiné. Et je n'arrête pas de me marcher sur les ailes. C'est la troisième fois que je manque m'étaler depuis tout à l'heure…

— Fais bzzzzz, pour voir. Je suis sûr que tu bourdonnes à merveille et que tu n'as pas ton pareil pour recueillir les pelotes de pollen…

— Tu ne veux pas que je te montre comment je pique avec mon dard, plutôt ?

— Pitié, pas ça ! Une abeille de ton gabarit doit posséder suffisamment de venin pour zigouiller un cheval de labour. Je tiens à ma peau…

— Alors plus un mot sur mon costume. Au fait, tu l'as trouvé où, le tien ? Pas au Chat Bleu, quand même ?

— Si. Quelqu'un l'avait accroché par erreur au rayon adultes. Bon, on y va comment à Montespan ? À pied ?

— En taxi. On en commandera un depuis une cabine. Tu fais quoi ? Tu reste déguisé ou tu te changes ?

— Je me change. Tu as pensé à emporter ta flûte et tes vêtements trop grands ?

— T'inquiète, j'ai tout le nécessaire. Et aussi des habits à ma taille pour tout de suite. Magnons-nous d'ôter nos déguisements et de foutre le camp avant que l'idée ne prenne à Arkandias de venir faire un tour par ici. »

Les deux jeunes gens se changèrent en un tournemain et prirent la fuite en rasant les murs. Ils s'engouffrèrent dans la première cabine téléphonique venue afin de commander le taxi qui devait les conduire sur le théâtre des opérations. Théophile n'eut aucun mal à se faire passer pour le chef scout de la Patrouille Serpolet. Il avait le génie du mensonge en général, et de l'imposture téléphonique en particulier.

« Deux jeunes garçons vous attendront dans dix

minutes devant le jardin Sainte-Clothilde, articula-t-il en forçant sa voix pour la rendre plus grave. Il s'agit d'un petit blond tondu vêtu d'un sous-pull jaune et de pantalons écossais, et d'un petit brun crépu habillé de couleurs criardes. Vous serez fort aimable de les conduire à Montespan et d'adresser la note directement au siège des Scouts de France, quatorze rue du Phoque Hilare, Paris cinquième. Je vous remercie.

— Moi aussi, je te remercie ! fit Bonaventure après qu'il eut raccroché. Le "petit brun crépu habillé de couleurs criardes" a apprécié ton sens de la description...

— Tu ne vas pas te vexer ! J'ai essayé de serrer la vérité au plus près. Et puis quoi, c'est vrai que tu es vêtu de couleurs criardes ! Tout comme moi, d'ailleurs ! On ne va pas en faire un plat. »

Ils continuèrent de se disputer tout en rejoignant à pied le lieu du rendez-vous. Un taxi blanc les y attendait et ils embarquèrent immédiatement pour Montespan. Bonaventure mit à profit le temps de la course pour faire ses gammes et vérifier ses partitions.

« Au fait, s'exclama-t-il tout à coup. Et Coin-

Coin ? On va devoir faire halte en chemin, si on veut le sauver…

— C'est ce à quoi j'étais en train de penser, justement. Pour peu qu'on tombe encore sur une mauvaise lune, on va devoir remettre ça avec l'école et la garde-à-vue ! D'un autre côté, ce serait dommage de renoncer si près du but. Si on est ici, c'est avant tout pour sauver nos bêtes, non ? »

Ils se turent un moment. Puis Bonaventure se frappa le front du plat de la main.

« J'ai une idée ! Je vais envoyer à ma mère une lettre de mise en garde signée Dieudonné La Doucette, grand sorcier de la forêt sacrée de Basse-Terre. Je lui dirai que j'ai eu la vision d'un hamster tombant d'un balcon. Ça lui foutra les chocottes et elle surveillera Coin-Coin comme la prunelle de ses yeux !

— Astucieux ! J'ai un stylo dans mon sac. Tu as du papier ?

— Non, demandes-en au chauffeur. Il a un bloc dans sa boîte à gants. »

Le chauffeur, un Asiatique impénétrable, ne se fit pas prier pour leur donner satisfaction et ils rédigèrent aussitôt une lettre conçue en ces termes :

Chère madame Doulouméo,

Une grande vision sacrée reçue en rêve dans la nuit de vendredi à samedi me pousse à vous écrire pour vous demander de surveiller Coin-Coin, le hamster de votre fille Clarisse. Il se pourrait bien que la pauvre bête tombe du balcon d'ici deux ans. Cette catastrophe – QUE VOUS POUVEZ ÉVITER *– aurait de sérieuses répercussions sur l'équilibre mental de vos enfants.*

Cordialement,

Dieudonné La Doucette
(Grand sorcier de la forêt sacrée de Basse-Terre)

PS : J'avais aussi prévu la fugue du petit Boubou. Mais de violentes migraines m'ont empêché de vous prévenir à temps.

« Avec ça, je peux t'assurer qu'elle ne va plus lâcher la bestiole d'une semelle. Coin-Coin est sauvé !

— On postera la lettre au village. Je demanderai au taxi de faire un crochet. »

Après avoir acheté une enveloppe et un timbre au bar-tabac de Montespan, les deux jeunes gens se firent conduire sur l'esplanade de la mairie, où Bonaventure avait repéré une boîte aux lettres. Puis le taxi reprit sa route et les déposa en rase campagne, non loin du lieu d'embarquement. Par mesure de précaution, ils attendirent que le gros véhicule blanc ait disparu avant de mettre le cap sur la clairière abritant le sarcophage. Comme ils traversaient une friche fleurie de cyclamens d'automne, un bruit de moteur attira leur attention. Ils détournèrent la tête vers la route et éprouvèrent une stupeur incrédule à la vue de la Rolls noire d'Arkandias roulant à faible allure le long d'une haie de noisetiers défeuillés.

« Là ! s'exclama Bonaventure, dont les cheveux crépus s'étaient électrisés sous l'effet de la frayeur. Arkandias ! Il nous a retrouvés !...

— Rejoignons vite le sarcophage ! répondit Théophile en prenant ses jambes à son cou. Il va essayer de nous empêcher d'embarquer ! »

Tels deux lièvres poursuivis par un chasseur, les apprentis hyperchimistes gagnèrent la lisière du bois. La panique leur ôtait toute sensibilité aux ronces et aux orties. Aussi eurent-ils tôt fait de rejoindre le sarcophage. Ils s'y engouffrèrent dans la foulée et Bonaventure, qui haletait avec un bruit de soufflet de forge, ouvrit son sac pour prendre sa flûte et ses partitions.

« La boule de cristal s'est rallumée, Théo ! constata-t-il en étalant fébrilement une brassée de feuilles devant lui. C'était bien un problème de Lune… »

Son camarade ne répondit mot. Il semblait tout à coup pensif, et même mélancolique. Un souci l'avait assailli.

« Qu'est-ce qui t'arrive ? reprit son camarade. Ferme vite le couvercle ! Arkandias peut surgir d'un moment à l'autre…

— Je ne pars pas, répondit le blondinet dans un souffle. Rentre seul, je reste ici… »

Pour le coup, Bonaventure manqua en avaler sa flûte, qu'il venait d'emboucher.

« Quoi ? ! Mais tu perds la tête ! Quelle mouche te pique de vouloir rester ? Tu n'as pas cessé de me répéter que tu détestais avoir rajeuni…

— Je déteste ça, en effet. Mais ça n'a rien à voir. Tu ne peux pas comprendre…

— Essaie quand même de m'expliquer, et vite ! Le temps presse…

— C'est à cause de mon père. Je l'ai retrouvé, et je vais le perdre à nouveau. Mais il n'y a pas que ça…

— Accouche ! J'entends des craquements dans le bois. Arkandias et Hortulain approchent…

— Si mes parents divorcent, c'est un peu à cause de moi. Le jour du rendez-vous avec les Australiens, mon père avait un reste de savon à barbe dans le creux de l'oreille. Je lui ai dit de l'ôter. S'il l'avait gardé, peut-être que ses futurs patrons l'auraient trouvé distrait ou négligé et qu'ils ne l'auraient pas embauché…

— Penses-tu ! Les recruteurs se foutent bien de ce genre de détails. Ils n'ont pas embauché une paire d'oreilles propres, mais un bon architecte ! Je suis sûr que même avec un gros nez rouge de clown, ton père aurait emporté l'affaire… »

Théophile eut un sourire et passa machinalement sa main sur son crâne tondu.

« Hier à table, je les ai fait rire, ma mère et lui. Ils ne semblaient plus du tout fâchés l'un contre l'autre. Peut-être qu'en m'appliquant tous les soirs à détendre l'atmosphère, je peux réussir à empêcher le divorce ?

— Si tu veux mon avis, c'est une mauvaise idée. Tes parents ne vont pas divorcer à cause de toi, ni même de l'Australie. C'est plus profond. Alors, à quoi bon te fatiguer à essayer de changer l'irrémédiable ? Samantha, on peut la sauver. Mais des sentiments qui s'éteignent, ça ne se ranime pas. »

Le blondinet prit un court temps de réflexion. Puis son visage s'éclaira d'un seul coup et il s'exclama d'un air guilleret :

« Tu as raison ! Je pars avec toi. Après tout, je sais déjà que je verrai mon père deux fois par mois minimum et que je ne garderai que de bons souvenirs des week-ends passés avec lui. C'est l'avantage d'avoir vécu le futur : on est à l'abri des mauvaises surprises… »

Il s'allongea dans le sarcophage, dont il referma précautionneusement le couvercle. À la lueur des rais de soleil filtrant entre les planches disjointes de l'habitacle, Bonaventure se mit à moduler l'air de musique hyperchimique. Un grésillement bas et sourd s'augmenta autour des deux jeunes gens, tandis que des myriades de petites flammèches phosphoriques crépitaient sur l'enveloppe externe du gros véhicule. Puis l'air se chargea de la désormais coutumière odeur d'ozone, et Théophile repensa brusquement aux lunettes fumées qu'il fallait impérativement porter au moment du transit. Il fouilla son sac et en tira sa paire de Ray-Ban qu'il posa en catastrophe sur le nez du jeune Antillais.

Monsieur Arkandias venait de paraître au débouché de la clairière lorsque le processus s'amorça sous ses yeux. Un grand embrasement blanc enveloppa le sarcophage, qui parut se dissoudre à la manière d'une image cinématographique surexposée. Hortulain, qui était resté quelques pas en arrière de son maître, se figea, hébété de surprise. Une détonation comparable à un tir de mine acheva de l'épouvanter et il se prit le visage à deux mains en fermant les yeux. Mille soleils irradièrent alors le décor de la clairière. Quand il rouvrit les paupières, les bois étaient calmes comme au premier matin du monde. Le sarcophage avait disparu.

12
Le jour du chat

LA rematérialisation eut lieu quelques instants plus tard dans la clairière, au grand étonnement de deux lapins qui broutaient une touffe de serpolet et manquèrent en mourir de frayeur. Théophile ouvrit le couvercle du sarcophage et se mit péniblement debout. Il éprouvait de vives douleurs dans les membres et un grand sentiment d'oppression.

« La vache ! Je suis moulu ! C'est à peine si j'arrive à bouger…

— Pareil pour moi, répondit son camarade, accroupi à l'avant parmi ses partitions. On a dû essuyer une avarie lors du transit dans l'hypersphère inverse. Ça n'est pas normal de se sentir aussi courbaturé… »

Ils s'entre-regardèrent et éclatèrent de rire à la vue de leur apparence physique respective, qui expliquait la sensation de malaise éprouvée : Théophile était engoncé dans un sous-pull jaune trop petit de deux tailles, et Bonaventure se trouvait affreusement boudiné dans sa chemisette vert-pomme à motifs psychédéliques : ils avaient retrouvé leur taille normale, tout simplement !

« Changeons-nous vite et rejoignons Montespan ! fit Théophile en ôtant ses habits étriqués. On va devoir commander un autre taxi. »

Ils gagnèrent le village à petites foulées et entrèrent au bar-tabac où ils avaient acheté l'enveloppe et le timbre un moment plus tôt. Entre-temps, le décor avait changé, de même que le propriétaire, qui trônait avec orgueil derrière un zinc flambant neuf. Les deux jeunes gens prirent place au comptoir et commandèrent deux limonades bien fraîches, qu'ils burent d'une traite au moyen de pailles articulées.

Puis Théophile jeta un regard en direction du calendrier mural suspendu parmi les bouteilles et s'exclama :

« On n'est pas déjà le quatorze, tout de même ? !

— Mais si, pardi ! répondit le patron en haussant les épaules. Lundi quatorze août ! Ça a l'air de te surprendre ? »

Ça le surprenait, et pour cause : le quatorze août était le jour même du drame ! Celui où le gros chat roux s'était introduit dans sa chambre pour y perpétrer ce double crime qui leur avait valu tant d'ennuis.

« On est le quatorze, Bonav ! murmura-t-il à l'oreille de son camarade tout en rentrant le menton pour dompter un rot inopportun. Tu as dû te gourer quelque part ! On était censés revenir la veille de la catastrophe, non ?

— Je ne comprends pas. J'ai pourtant répété quarante-huit fois la mesure numéro quinze, qui déplace chaque fois d'un mois dans le futur. Quarante-huit fois un mois font quatre ans, non ?

— C'est bien possible, répondit à tout hasard Théophile qui n'avait jamais été très bon en calcul mental. Mais as-tu pensé à affiner avec les airs seize et dix-sept, qui déplacent respectivement d'une journée dans le passé ou le futur ?

— Vu les conditions dans lesquelles on a embarqué, j'ai dû agir sans affiner, tu m'excuseras !

— De toute manière, rien n'est perdu. On va rentrer dare-dare à la maison et je monterai fermer cette fichue fenêtre. Qui commande le taxi, ce coup-ci ? Toi ou moi ?

— On tire ça à la courte paille, d'acc ? »

Le jeune Antillais coupa les pailles en quatre et les groupa dans son poing pour les présenter à son camarade. Ce dernier tira un tronçon au hasard et se leva en concluant :

« C'est encore moi qui m'y colle ! Décidément, quand ça ne veut pas rigoler… »

Chargés de leurs sacs respectifs, qui contenaient leurs habits trop petits ainsi que les panoplies ôtées en hâte devant chez Vindimian, les deux jeunes gens traversèrent l'esplanade de la Mairie en direction de l'unique cabine téléphonique du village. Tandis que Bonaventure patientait sur un banc, Théophile pénétra dans le scintillant édicule de verre. Il décrocha le combiné, introduisit sa carte dans la fente et raccrocha aussitôt en étouffant un juron : crédit épuisé !

« Tu n'aurais pas une carte téléphonique sur toi, par hasard ? demanda-t-il à son camarade en passant la tête dans l'entrebâillement de la porte. La mienne est terminée…

— Non, désolé.

— Prête-moi de quoi en acheter une, alors. Je suis fauché. Les limonades m'ont mis à sec…

— Je n'ai plus d'argent non plus. J'ai tout claqué en bonbecs avant qu'on se rejoigne chez Vindimian… »

Théophile opina du chef et quitta la cabine à contrecœur. Il vint s'asseoir près de Bonaventure et bascula le tronc en appuyant ses coudes sur ses genoux. Il paraissait accablé. Échouer à cause d'une stupide histoire de carte téléphonique après avoir bravé et surmonté tant de périls, c'était tout de même un peu fort !

« Merde alors ! bougonna-t-il. Il est dix heures trente au clocher du village. Dans exactement six heures, Samantha et Pacôme vont trouver la mort. Et nous, on est là, assis sur un banc à se tourner les pouces. C'est rageant !

— Je suis bien de ton avis. Le coup de la carte épuisée, c'est l'estocade...

— Tant pis ! Je vais aller sonner à la première porte, et je demanderai la permission de passer un coup de fil gratuit. Je suis un enfant, on ne me le refusera pas...

— Ben voyons. Et tu mentiras devant un inconnu pour embobiner l'agence de taxi ? Ça risque d'éveiller les soupçons, non ?

— Tu n'as pas tort. Mais que faire ?

— Conserver notre calme et réfléchir. À chaque problème, sa solution... »

Le blondinet se leva et commença à faire les cent pas autour du banc, tout en phosphorant intensément. Puis, tout à coup, il écarquilla les yeux et s'exclama :

« Eurêka ! J'ai trouvé ! Attrape ton sac, on s'en va... »

Bonaventure ramassa son bagage en catastrophe et s'élança sur les pas de son ami, qui semblait se diriger vers un vieil autocar stationné sous les platanes.

« Si tu as dans l'idée de prendre le car, je te rappelle que ce n'est pas gratuit et qu'on est fauchés !

— Qui parle de payer ? On va faire le voyage gratis ! Cache-toi derrière un arbre et laisse-moi opérer… »

Le jeune Antillais obtempéra et regarda son camarade contourner le gros véhicule et venir frapper à la vitre du chauffeur, un géant moustachu portant des lunettes fumées. Il était trop loin pour pouvoir profiter de la conversation, mais il eut la stupéfaction de voir le chauffeur replier tout à coup son journal et quitter son car en toute hâte, comme si le feu venait de prendre à ses bas de pantalon. Il attendit que ce dernier eut disparu pour rejoindre son camarade, qui patientait en l'attendant, les mains dans les poches, devant la porte à soufflets.

« Qu'as-tu raconté à ce pauvre bougre pour qu'il quitte son bus à fond de train comme ça ? lui demanda-t-il.

— Rien de bien méchant. Je lui ai juste dit qu'il y avait un appel pour lui au tabac, au sujet de sa maison qui venait d'être soufflée par une explosion de gaz. Mais j'ai bien précisé qu'il n'y avait pas de victimes. Je ne suis pas cruel, tu le sais…

— C'est complètement idiot ! Quand il reviendra et qu'il te verra dans son bus, il va te flanquer une correction !

— Il ne m'y verra pas, banane, puisqu'on va voyager dans la soute à bagages ! Amène-toi et embarquons, avant que les choses ne se gâtent vraiment. Si tout va bien, dans une heure on est chez nous… »

Comme le jeune Antillais éprouvait une certaine répugnance à prendre place, parmi les valises et les sacs dans la malle du gros véhicule, son camarade détourna la tête vers le bar-tabac et s'exclama horrifié :

« Magne-toi de monter, le voilà qui sort du tabac ! »

Bonaventure plongea aussitôt tête en avant dans les bagages, imité par son camarade qui abaissa précipitamment le hayon.

Les deux jeunes gens rampèrent jusque dans les profondeurs du coffre et se dissimulèrent derrière une pile de sacs, pour le cas où la malle viendrait à être ouverte une dernière fois avant le départ. Quelques minutes s'écoulèrent, puis le car s'ébranla tout à coup : le chauffeur avait regagné son siège et lancé le moteur, à la grande joie des passagers clandestins qui poussèrent un soupir de soulagement.

Après un parcours ponctué d'arrêts inexplicables, d'accélérations subites et de coups de frein qui donnèrent aux deux jeunes garçons l'impression de voyager dans le tambour d'une machine à laver, le car s'immobilisa enfin devant la station Cinéma Saint-Esprit.

« Ouvre vite la malle et foutons le camp ! chuchota Bonaventure en repoussant du pied les amoncellements de bagages écroulés autour d'eux. Si le chauffeur nous tombe sur le râble, je ne donne pas cher de notre peau… »

Ils se hâtèrent de quitter leur cachette et prirent la fuite le long du boulevard Ledru-Rollin.

Une dizaine de minutes plus tard, ils pénétraient dans le jardin de Théophile, où ils eurent la surprise de trouver Marie assise sous la véranda. La jeune maman était en train de feuilleter un album photo.

« Tu es là, m'man ? s'étonna le blondinet, qui ressentait un grand trouble à la vue de sa mère. Tu ne travailles pas, aujourd'hui ?

— J'ai une demi-journée de récupération. Je te rappelle que j'ai travaillé samedi matin. Alors, ce camp scout ? C'était comment ? »

Théophile, pris de court, porta sa main à son menton. Fort heureusement, Bonaventure eut la présence d'esprit de répondre du tac au tac :

« Formidable ! On a dormi dans le bois de Montespan. Votre fils n'était pas rassuré, à cause des bruits de la nuit, mais j'ai fait mon possible pour le réconforter…

— Il dit n'importe quoi ! Ne le crois pas ! C'est lui qui avait peur. Il claquait des dents avec un bruit de castagnettes…

— Je claquais des dents à cause du froid : j'avais oublié mon duvet ! On a peine à imaginer combien les nuits peuvent être fraîches, dans les bois… »

Ce petit numéro de duettiste n'avait d'autre but que de noyer le poisson, et Marie donna dans le panneau car elle changea aussitôt de sujet :

« J'étais justement en train de feuilleter un album photo et je suis tombée par hasard sur un cliché qui m'a rappelé une vieille histoire : tenez, regardez… »

Elle tendit aux deux garçons un Polaroïd qui les

stupéfia : c'était celui que les gendarmes avaient pris d'eux le jour de la fugue, quatre ans plus tôt !

« Mais… bredouilla Théophile. Où as-tu eu ça ?

— C'est ton père qui l'a demandé aux gendarmes le jour où il est venu te récupérer à la brigade. Apparemment, il ne voulait pas qu'une photo de toi traîne dans le dossier de ces messieurs… Le plus drôle, c'est que vous portiez des habits insensés ! Quatre fois trop grands, et coupés d'une manière incroyable. Je crois me souvenir que vous aviez voulu jouer au carnaval de Venise… »

Les deux jeunes gens échangèrent un regard atterré. Les habits trop grands de la photo étaient précisément ceux qu'ils portaient aujourd'hui. Marie s'en aperçut brusquement et s'exclama :

« Ça par exemple ! Mais vous portez les habits de la photo ! Comment est-ce possible ? !

— Écoute, m'man, répondit le blondinet en baissant les yeux. Je te promets de tout t'expliquer tout à l'heure. Mais auparavant, je dois monter dans ma chambre. J'entends des bruits de pas sur le plancher. Ça ne m'étonnerait pas que Samantha ait réussi à s'échapper de sa cage. »

Table des matières

Du même auteur, aux Éditions Magnard

- *Le grimoire d'Arkandias*
- *Arkandias contre-attaque*
- *Nicostratos*

contact : éric boisset @ yahoo.com